btb
Aus Freude am Lesen

btb

Buch

Im Winter des Jahres 1910 steht die Schachwelt Kopf: Der in Wien ausgetragene Kampf um die Weltmeisterschaft nimmt in der fünften Partie eine unvorhergesehene Wendung. Der als unschlagbar geltende Titelverteidiger Emanuel Lasker, berühmt auch als Dichter und Philosoph, ist durch einen Fehler, den sonst nur Anfänger machen, in Rückstand geraten. Im Schlaglicht des Interesses steht nun plötzlich der Herausforderer – Carl Haffner. Der bis dahin kaum bekannte Österreicher ist ein Defensivkünstler, ein Meister des Remis. Jetzt bietet sich ihm die Gelegenheit, Lasker die Krone zu entreißen. Die zehnte und letzte Partie muß die Entscheidung bringen...

Thomas Glavinic, brillanter Erzähler und glänzender Psychologe, zelebriert die Auseinandersetzung dieser beiden Männer nicht auf den vierundsechzig Feldern des Schachbretts, sondern als das Aufeinanderprallen zweier unterschiedlicher Charaktere. Sein Roman ist ein kunstvolles psychologisches, soziales und gesellschaftliches Gemälde.

Autor

Thomas Glavinic, 1972 geboren, spielte bereits mit fünf Jahren seine erste Schachpartie und brachte es 1987 zur Nummer Zwei der österreichischen Schachrangliste seiner Altersklasse. Seit 1991 schreibt er Essays (u.a. »Über die Zusammenhänge zwischen Fußball, Schach und Literatur«), Erzählungen, Hörspiele und Reportagen. Thomas Glavinic lebt in der Steiermark.

Thomas Glavinic

Carl Haffners Liebe zum Unentschieden

Roman

btb

Umwelthinweis:
Alle bedruckten Materialien dieses Taschenbuches sind chlorfrei und umweltschonend.

btb Taschenbücher erscheinen im Goldmann Verlag, einem Unternehmen der Verlagsgruppe Bertelsmann

1. Auflage
Genehmigte Taschenbuchausgabe März 2000

Umschlaggestaltung: Design Team München
Umschlagmotiv: Lawrence Alma-Tadema
Satz: IBV Satz- und Datentechnik GmbH, Berlin
KR · Herstellung: Augustin Wiesbeck
Made in Germany
ISBN 3-442-72593-3

I. Kampf

1

»Letzte Woche hat in Simmering eine Frau ihren Gatten vergiftet. Sie rührte ihm eine Dosis Zyankali, die genügt hätte, ein Dutzend Stiere umzubringen, in den Frühstückskaffee. Man hört, der Mann habe sie über Jahre gequält und unterjocht, bis sie sich zu dieser Gegenmaßnahme entschloß. Wie dem auch sei: Die Angelegenheit hätte sich auf weniger drastische Weise bereinigen lassen, hätte die arme Frau rechtzeitig gelernt, mit ihren Gefühlen umzugehen.«

So schrieb der Schachmeister Georg Hummel in seiner Kolumne in der *Neuen Freien Presse* an jenem Januartag des Jahres 1910, an dem die erste Partie der Schachweltmeisterschaft zwischen dem Deutschen Emanuel Lasker und seinem österreichischen Herausforderer Carl Haffner in Wien ausgetragen wurde. Hummel war ein guter Journalist. Das Schachspiel stand bei vielen im Ruf, eine Leidenschaft magerer Kanzleiräte und schlitzohriger Juden zu sein, langweiliger noch als eine Meisterschaft der Briefmarkensammler oder Spitzendeckenhäkler. Um das Spiel dem einfachen Leser nahezubringen, schreckte Hummel vor nichts zurück. Er titelte so reißerisch, daß man glaubte, die Lokalseiten aufgeschlagen zu haben. Schamlos dichtete er den Meisterspielern Anekdoten an. Er verglich Schach durchaus schlüssig mit Hakelziehen, Malerei, Tarock und sogar Walzertanzen und stellte wider besseres Wissen ebenso kühne wie naive Behauptungen auf, um seine Leser anzulocken.

»Ich habe an dieser Stelle oft darauf hingewiesen«, schrieb er über den Mord in Simmering weiter, »daß da der Ausgeglichenheit eines jeden nichts Zuträglicheres ist als das Schachspiel. Oder hat man schon jemals von einer Gewalttat gehört, die im Milieu der Schachspieler geschah? Der Schachspieler ist derlei Kindereien abhold, weil er seine Nerven im Zaum halten kann und seine Einwände gegen die Widrigkeiten unserer lieben Zeit am Brett auszusprechen vermag.

Es soll jetzt aber niemand glauben, die Schachspieler seien frei von allem Bestreben, ihrem Gegner mit Gehässigkeiten zuzusetzen: Der blutrünstigste Boxer, ich scherze nicht, ist ein freundlicher Zeitgenosse neben den meisten Schachgrößen unserer Tage. Die Brutalität, mit der Schachweltmeister Lasker unter seinen Gegnern aufräumt, sucht ihresgleichen, und auch über die Schlägerqualitäten der Herren Tarrasch, Janowski, Marshall und Konsorten brauche ich wohl kein Wort zu verlieren. Dagegen nimmt sich unser Carl Haffner wie ein Lamm aus. Er spielt ruhig und bescheiden, ganz seinem Charakter entsprechend. Er hütet sich vor waghalsigen Angriffen und unbedachten Manövern. Es ist, als wollte er seinem Gegner sagen: ›Schlag mich doch, wenn du kannst!‹

Er ist der vortrefflichste Vertreter der Wiener Schachschule. Ich behaupte: Carl Haffner ist der beste Verteidiger der Welt. Er remisiert viele Partien, das ist wahr. Doch um ihn zu bezwingen, bedarf es der Kraft eines Giganten, eines Genies. Ob der gewaltige Lasker dazu imstande ist, werden wir ab heute verfolgen. Er und der Wiener kämpfen in den Räumlichkeiten des Wiener Schachklubs (1. Bezirk, Wallnerstraße Nr. 2) um die Weltmeisterschaft. Ich persönlich glaube nicht, daß Lasker auch nur eine der zehn Partien des Wettkampfes für sich entscheiden kann, denn: Es gibt überhaupt keine Genies. Selbst ich, Georg Hummel, bin keines.«

Hummel, der im Café zur Marienbrücke sein Frühstück einnahm, las diese Zeilen mit Befriedigung. Oft geschah es, daß ein des Schachspiels unkundiger Setzer eigenmächtig Korrekturen vornahm, absurde Zwischentitel einfügte oder auf andere Art den Artikel zerstörte. Die heutige Kolumne hatte den Setzer ohne Schrammen passiert. Hummel rieb sich die Hände. Er fand, es war ein gelungener Artikel, der die Leute in Scharen zu dem Ereignis treiben sollte.

Hummel bestellte einen Cognac, um den Magen zu beruhigen. Er knöpfte die Weste über seinem geblähten Bauch auf. Beim Gedanken an den Wettkampf zerbiß er beinahe seine Virginia. Er nahm für sich in Anspruch, einst das Talent des jungen Haffner entdeckt zu haben, und doch – so nervös war Hummel nicht einmal, bevor er sich selbst ans Brett setzte. Das Treiben im Lokal, die Geräusche der sich bevölkernden Straße nahm er nicht wahr. Er linste immer wieder auf die Uhr, ob es nicht schon Zeit war, in die Wallnerstraße zu fahren, damit ihm nichts von den Vorbereitungen entging. Er durchblätterte die Zeitungen, ohne auch nur die Überschriften zu lesen. Hier und da nickte er einem Stammgast zu. Den Meister Weiss, der mit leuchtenden Augen an den Tisch trat, um über Haffners Aussichten zu fachsimpeln, vertrieb Hummel grimmig: »Lassen Sie mich! Mit Ihnen teile ich nichts! Weder den Tisch noch einen Punkt – und schon gar nicht die Aufregung!« Worauf Weiss sich lachend zurückzog und der schwitzende Hummel zwei weitere Cognac bestellte. Einen davon ließ er an Weiss' Tisch servieren. Weiss erhob zum Dank das Glas. Der Oberkellner konnte erstaunt beobachten, wie Hummel nach Art der Frösche dem Meister Weiss die Zunge rausstreckte.

Hugo Fähndrich, der Sekundant Haffners, steckte den Kopf ins Lokal, übersah aber den winkenden Hummel und stürzte wieder hinaus. Hummel fiel in seinen Sitz zurück. Fähndrich hätte er gern an seinem Tisch begrüßt, gewissermaßen wie einen Mitverschwörer.

Hummel peinigte das Gefühl, daß das ganze Lokal von nichts anderem sprach als dem Wettkampf. Als der Oberkellner, der sonst mit Zurückhaltung über das Lokal gebot, nach dem Befinden Haffners fragte, erhob sich Hummel. »Herr, es ist zum Verrücktwerden mit Ihnen!« rief er. Für den Ober unhörbar, fügte er hinzu: »Auf dem Abort wird er hocken, was meinen denn Sie?« Er zahlte und ging zu Fuß zum Wiener Schachklub.

Carl Haffner saß mitnichten auf dem Abort. Er besuchte seine Halbschwester Lina Bauer. Die war in den Morgenstunden damit beschäftigt gewesen, für den Rest ihres Tagesgeldes – eine nicht unbedeutende

Summe bekam der Bäcker für das Frühstück – Zeitungen zu kaufen.

»Carl, hörst du zu? Hier steht: ›Der König der Schachspieler, Emanuel Lasker, trifft heute auf den großen Wiener Meister Carl Haffner, den Sieger bedeutender Turniere und Herausgeber der *Deutschen Schachzeitung.* Wenngleich Lasker als Favorit gilt, erwartet ihn jedoch gewiß eine schwere Aufgabe. Niemand kann sich so zäh verteidigen wie der sympathische Haffner.‹« Carl versuchte, seine Schwester mit einem Scherz von den Zeitungen abzulenken. Er schwärmte von den Delikatessen, die Lina eingekauft hatte. In Wahrheit hatte er seinen Appetit an einer einzigen Kaisersemmel gestillt. Nicht nur, daß er das feine Gebäck Lina gönnte – er hätte es gar nicht anzurühren gewagt. Sie bemerkte es nicht. Lina war von den Zeitungsberichten so geblendet, daß sie sogar ihre übliche Fürsorge vergaß.

»Bist du denn nicht aufgeregt?« fragte sie.

Natürlich war Carl angespannt. Doch seitdem er heute morgen in seinem besten Anzug die tadellos aufgeräumte, warme Wohnung betreten hatte, in der es immer nach dem Holz der Möbel, nach frischer Wäsche und Lavendel duftete, seit diesem Moment hatte Linas Anblick die Gedanken an das Spiel verdrängt. Linas Wesen war wie eine leise, einfache Melodie, die man summt, wenn man im Sommer allein durch eine Wiese schlendert und sich dem Geruch des Grases und dem Wind ganz ergibt. Hast und laute Worte waren Lina fremd. Wenn sie in ihrem Hauskleid wie ein Schatten durch die Räume glitt, war jeder ihrer Handgriffe wie eine sanfte Entschuldigung für ihre Existenz. Sie ordnete ihre Wünsche dem Wohlergehen anderer völlig unter. Genauer gesagt: Ihr innigster Wunsch war das Wohlergehen anderer. Sie so entrückt über den Blättern zu sehen, wärmte Carls Herz. Daß sein Name in der Zeitung stand, manchmal sogar mit einer Fotografie, daran hatte er sich längst gewöhnt. Im Grunde mißfiel es ihm. Aber wenn es Lina solche Freude bereitete, durfte er dafür nicht undankbar sein.

Bevor er sich verabschiedete, spielte sie auf dem Flügel noch sein Lieblingsstück. Begleiten wollte sie ihn nicht. Saß Lina im Spiellokal still in einer Ecke, fühlte Carl sich bemüßigt, sie zu unterhalten, und das schadete seiner Konzentration.

Die Sonne schien unbewölkt. Die Luft war kalt und klar. Auf der Straße lag eine Schneedecke. Das Spiel begann um fünf. Für zwei Uhr hatte man Carl in den Schachklub bestellt. Carls Wohnung wurde seit Wochen nicht geheizt, es war also unvernünftig, die Wartezeit dort zuzubringen. Carl machte einen ziellosen Spaziergang. Er hatte nicht das Geld, um sich einen Kaffee zu leisten, und an ein Mittagessen durfte er gar nicht denken. Ab und zu schlich er in ein Café, um sich im Schachzimmer ein wenig aufzuwärmen, bis der Ober die unvermeidliche Frage nach seiner Bestellung an ihn richtete. Carl wurde jedoch überall mit spontanem Beifall begrüßt. Man scharte sich um ihn, wünschte ihm Glück, fragte, was er essen und trinken wollte. Carl mußte für seine Verhältnisse ungewöhnlich energisch werden, um das Lokal unter dem Hinweis, er müsse sich in Ruhe auf das Spiel vorbereiten, wieder verlassen zu können. So groß sein Hunger war, Carl konnte sich nicht überwinden, sich von anderen einladen zu lassen, einem anderen das Essen geradezu aus dem Mund herauszustehlen.

Der lange Marsch trieb die Kälte aus seinen Gliedern. An der Ecke der Straße, in der der Wiener Schachklub lag, blieb Carl jäh stehen. Vor dem Klub drängte sich eine Menge von gut hundert Leuten, aus der zwei berittene Polizisten aufragten. Eine Demonstration, dachte Carl. Bis zu den Eröffnungsreden war noch genug Zeit. Carl machte kehrt.

In einem nahen Park wischte er den Schnee von einer Bank. Er setzte sich. Plötzlich war ihm vor Aufregung übel. Die Tragweite des Wettkampfes wurde ihm bewußt. Lasker war seit sechzehn Jahren Weltmeister und nicht ein einziges Mal Gefahr gelaufen, seinen Titel zu verlieren, ja ohne auch nur einmal in einem Wettkampf in Rückstand zu geraten. Ein Gelehrter, ein Mathematiker und Philosoph. Jeder Schachspieler von Rang kannte seine Schrift *Kampf*. Wer war er, Carl Haffner, daß er diesem Mann Paroli bieten wollte? Ein paar erste Preise hatte er vorzuweisen, dazu noch einige unentschiedene Zweikämpfe. Einen hatte er gewonnen, vor sechs Jahren gegen Janowski. Nun stellte er sich Lasker. Er hatte die Aufgabe, den Weltmeister niederzuwerfen in einem Wettkampf, der sich über zehn Partien erstreckte und in dem Haffner, als Herausforderer, ein Spiel mehr gewinnen mußte. Bei Gleichstand behielt der Deutsche den Titel. So lauteten Laskers Bedingungen.

Carl vergrub das Gesicht in den Händen und wand sich in unkontrollierten Bewegungen auf der Bank. Mit einemmal fühlte er fast körperlichen Schmerz in der Angst, in diesem Wettkampf unterzugehen. Er wünschte sich, keine Partie zu verlieren. Mochten alle Partien ohne Entscheidung enden, sollte Lasker Weltmeister bleiben! Aber er durfte kein einziges Mal unterliegen!

Carl trottete zurück zum Wiener Schachklub. Wenn er sich am Brett niederließ, war es ihm fast gleichgültig, ob er gewann oder Remis spielte. Niederlagen konnte er nur schwer verwinden. Nach einem verlorenen Spiel fühlte er sich klein und hilflos, unwürdig, dem Gegner die Hand zu reichen.

Carl bemerkte die Menge erst, als er schon in ihren Strom geraten war. Man erkannte ihn. Unversehens umringte ihn eine Gruppe von Begeisterten. Die Leute brüllten ihm Glückwünsche ins Ohr, klopften ihm auf den Rücken und bedrängten ihn so, daß er Angst bekam. Berittene Polizisten versuchten die Ordnung herzustellen. Man skandierte den Namen Haffner. Noch nie hatte Carl derartigen Lärm erlebt. Seine Füße berührten den Boden nicht mehr, doch es war unmöglich, in diesem Getümmel umzufallen. Er glaubte, ersticken zu müssen, wußte nicht mehr, wo sich der Eingang zum Club befand. Die Leute machten Anstalten, Carl auf ihre Schultern zu heben. Da bahnten sich Fähndrich und der drahtige Meister Wolf einen Weg durch die Menge, hakten Carl unter und kämpften ihm ein Spalier zum Spiellokal frei. Im Klub ging es allerdings nicht weniger turbulent zu. Die Leute standen auf Stühlen, schrien und applaudierten. Carls Eskorte benötigte zehn Minuten für die knapp fünfzehn Meter zu jenem Séparée, hinter dessen Tür sich die Organisatoren des Wettkampfes verbarrikadierten.

»Warum haben Sie nicht den Hintereingang genommen?« fragte Fähndrich, nachdem es nach kurzem Handgemenge gelungen war, die Tür zu versperren.

»Er war wohl nicht darauf vorbereitet«, bemerkte Arnold Mandl, der Präsident des Wiener Schachklubs. »Wir ja auch nicht. Dreihundert Leute, hat Hummel geschätzt, und es werden immer noch mehr!«

Der Freiherr von Rothschild, der reichste Mann Europas und bedeutendste Schachmäzen der Monarchie, drückte Carl die Hand. »Nun, wie fühlt man sich als Held?«

Carl rückte auf dem Stuhl, den man ihm herbeigeschafft hatte, hin und her. Diese Anrede war ihm wie der ganze Tumult verstörend peinlich. Er bat um ein Glas Wasser. Erst dann gewahrte er seinen Gegner. Lasker saß am Fenster. Er trommelte, den Arm bequem abgestützt, mit den Fingern gegen die Scheibe und starrte Carl aus seinen dunklen Habichtsaugen unverwandt an. Man sah Lasker zumeist betont salopp gekleidet. An diesem Tag steckte er in einem schlechtsitzenden Anzug. Wenigstens hatte er eine Spange an das Revers geheftet. Vom Getrommel seiner Finger abgesehen, trug Lasker eine überlegene Ruhe zur Schau, als hätte er die Situation einschließlich der Sitzordnung selbst arrangiert. Er lächelte Carl zu. Carl stand auf, bat für seine Unhöflichkeit um Nachsicht und schüttelte Lasker die Hand.

Präsident Mandl stellte fest, daß alle am Wettkampf wesentlich Beteiligten nunmehr versammelt waren. Seine Ansprache mußte er mit lauter Stimme vortragen, denn vor der Tür tobten die Leute unvermindert. Darauf folgte die Rede Rothschilds. Weitere Funktionäre ließen sich die Gelegenheit zu sprechen nicht entgehen. All die blumigen Worte hörte Carl nicht. Sein Geist schwebte in jenem formlosen Bereich, der mit dem Begriff Konzentration ganz unzulänglich beschrieben ist, der mehr ist als das bloße Zusammenführen aller geistigen Kräfte, nämlich das Besinnen auf sich selbst. Zur Auslosung, wer in der ersten Partie die weißen Steine führen sollte, mußte man Carl dreimal aufrufen. Lasker indes schien völlig unbewegt. Auch er richtete das Wort an die Versammlung, wobei er den sportlichen Wert der Veranstaltung hervorhob, seinen Gegner pries und den Organisatoren dankte. Aber auch das drang nicht an Carls Ohr.

Damit war der zeremonielle Teil beendet. Einige der Anwesenden zogen sich zurück, um der Menge im Saal die Demonstrationsbretter zu präsentieren. An diesen Brettern, die Ausmaß und Funktion von Schautafeln hatten, sollten verschiedene ausgesuchte Meister jeden Zug für die Allgemeinheit kommentieren und die beiderseitigen Chancen abwägen. Alsbald mäßigten sich die Leute vor der Tür ein wenig.

Im Sitzungszimmer bat man zum Buffet. Lasker sprach Brötchen und Sekt in nur geringem Maß zu. Verdauungstätigkeit schade seinem Denken. Carl war zu scheu, sich an den Silbertabletts zu bedienen. Er aß zwei Brötchen, und die wurden ihm von Fähndrich aufgezwungen – »Weiß sind Sie wie die Wand, hier, essen Sie, unbedingt!« Am Sekt nippte Carl nur. Er fühlte keinen Hunger mehr. Das Klingen der Gläser, das angespannte Gemurmel, die Vereinssekretäre, Figurenaufsteller und Journalisten, die durch den Raum scharwenzelten und wieder verschwanden, das Scharren der Schuhe und die vereinzelten hektischen Rufe, der sonore Bariton Fähndrichs – all das waren Schatten einer Traumwelt, in der Carls Sinne zu Gast waren. Tief in ihm allein, da war alles wirklich. Da war seine Persönlichkeit, auf ihr Ureigenes, Innerstes vermindert, die nun der Laskers entgegentreten sollte. Im Spiel der Meister, sagte Lasker, liegt die Wahrheit, auf dem Brett kann man nichts verbergen: Man ist als Mensch nackt.

Carl mußte wahnsinnig gewesen sein, sich zu einem Wettkampf mit diesem Mann bereit zu erklären.

Das Spiel fand in einem abgesonderten Zimmer statt. Nur die Sekundanten, der Schiedsrichter sowie einige Auserwählte hatten Zutritt. Präsident Mandl bat die beiden Gegner, sich zuvor der Menge zu zeigen. Lasker kam dem gern nach. Er trat mit erhobenem Kopf vor die Tür und dankte den Applaudierenden für ihr Interesse. Carl mußte man erst überreden. Er nestelte an seiner Krawatte und zwirbelte seinen Schnurrbart, ehe er vortrat und ins Publikum winkte. Er betete, daß seine Beine ihm nicht den Dienst versagten. Sprechchöre erschallten, die Leute stampften rhythmisch mit den Füßen. Präsident Mandl beruhigte die Masse. Die Konzentration der Meister, wenngleich diese in einem Nebenraum kämpften, dürfe nicht die geringste Störung erfahren. Mandl wollte noch einige Worte sagen, doch der Freiherr von Rothschild zupfte ihn schmunzelnd am Ärmel. Es war Zeit.

Erleichtert, daß die Rhetorik ein Ende hatte, hastete Carl über einen noblen Läufer zum Spielzimmer. Der Schiedsrichter wiederholte jene Regeln, die für die Bedenkzeit galten, wünschte beiden Kontrahenten Glück und setzte Carls Uhr in Gang. Lasker und Haffner schüttelten über dem Brett die Hände. Carl eröffnete mit dem Königsbauern. In diesem Augenblick stürmte jemand in den Raum.

»Halt! Aufhören!« rief der Unbekannte. »Ich brauche eine Photographie!«

Die Sekundanten zeigten Bereitschaft, sich auf den Eindringling zu stürzen. Ob er verrückt, ob er mit den Gepflogenheiten des Schachspiels nicht vertraut sei? Immerhin handele es sich hier um eine Weltmeisterschaft! Der Mann beharrte, eben weil es um eine Weltmeisterschaft ging. Im übrigen war es ihm egal, ob um den Thron der Nasenbohrer, Weitspucker oder Schachspieler gefochten wurde, er wünschte seine Photographie zu machen. Er wies sich als Rainer Lothar von der Presseagentur Wien aus.

Als man dies dem Schiedsrichter hinterbrachte, wiegte der unschlüssig den Kopf. Die Agentur war sehr wichtig. Ob man...

Lasker erklärte lachend, gern zu einer Photographie bereit zu sein. Auch Carl erhob keinen Einwand. Rainer Lothar baute mit dünkelhaftem Lächeln seinen Apparat auf. Er kommandierte Turnierleitung und Spieler in die richtige Position und betätigte den Auslöser. Schwefelgestank erfüllte den Raum. Rainer Lothar verteilte Visitenkarten und verabschiedete sich. Sekundanten und Schiedsrichter liefen ohne Anlaß durcheinander. Erst als wieder Ruhe eingekehrt war, bemerkte Carl, daß er beim Überfall des Reporters vergessen hatte, den Doppelwecker zu drücken und damit Laskers Uhr in Bewegung zu setzen. Nun hatte er fünfzehn Minuten seiner Bedenkzeit verloren. Carl verzichtete jedoch auf einen Protest.

Die Eröffnung spielten beide aus dem Handgelenk. Alles war längst bekannt, man brauchte sich keine Sekunde zu besinnen, um den Zug des Gegners zu erwidern. Lasker wich als erster vom Pfad der Theorie ab. Carl überlegte. Lasker steckte sich eine Zigarre an und fixierte Carls Stirn.

Was war dieser Haffner doch für ein Kauz! Als er in den Schachklub gekommen war, hatte er sich kaum geradehalten können vor Aufregung. Während der Eröffnungsfeier wußte er kein Wort zu sagen. Eine ungeheure Menge jubelte ihm zu, und er schien unter den Teppich kriechen zu wollen.

Zuletzt hatte er sich noch von einem Reporter um seine Bedenkzeit prellen lassen. Daß ein solcher Charakter um die höchsten Weihen im Schach spielte – kaum zu glauben. Und kaum zu glauben auch, daß dieser Haffner seit Beginn der Partie dasaß wie ein Fels. Er strahlte eine Sicherheit aus, die ihm sonst nicht eigen war. Der ganze Mensch spielt Schach, nicht bloß das Gehirn. Der Charakter ändert sich doch nicht wie eine Laune! Diese Janusköpfigkeit gilt es zu verstehen. Dann ist Haffner zu besiegen.

Bisher waren sie siebenmal aufeinandergetroffen.

Drei Partien gewann Lasker, drei endeten remis, und eine Auseinandersetzung hatte der Österreicher für sich entschieden, 1904 in Cambridge Springs. Nur aufpassen, der sanfte Mann war nicht zu unterschätzen, aber auch nicht wirklich gefährlich.

Im Rauchsalon, neben den Demonstrationsbrettern und in stillen Nischen standen Meister und Fachleute zusammen und spekulierten über den Ausgang des Wettkampfes. Es fanden sich wenige, die dem Herausforderer Chancen zubilligten. Eine knappe Niederlage, etwa mit vier zu sechs, galt schon als ein ansprechender Erfolg Haffners. Die meisten tippten auf ein sieben zu drei oder acht zu zwei für Lasker. Hummel war als einziger von Haffners Sieg überzeugt. »Er kann Haffner nicht schlagen!« wiederholte er unablässig. »Ich verspreche, Haffner gewinnt zumindest eine Partie, vielleicht sogar zwei, Lasker jedoch nicht eine! Haffner wird Weltmeister!«

Hummel setzte gegen den alten Julius Thirring fünfhundert Kronen auf Haffner. »Ein Hundsfott jeder«, rief er, »der nicht auf Haffner wettet! Wo sind die Optimisten?«

Aus dem Spielzimmer drangen beruhigende Nachrichten. Beide Spieler hielten sich bedeckt. Keiner konnte eine Schwäche in der Stellung des anderen ausmachen. Haffner hatte zu seinem Spiel gefunden. Nach vier Stunden wurde die Partie programmgemäß abgebrochen. Niemand lag im Vorteil. Da der Weltmeister von seinem Recht Gebrauch machte, eine Auszeit zu verlangen, setzte man die Wiederaufnahme der Partie für den übernächsten Tag fest.

Carl verließ den Klub durch die Hintertür. Selbst sein Sekundant vermißte ihn zu spät. Ohne Geleit marschierte Carl durch die Dunkelheit nach Hause. Die Steinmauern seiner schäbigen Wohnung waren wie gefroren. Er schlief angekleidet. Er träumte von Stellungsbildern und abstrakten Plänen.

Die Vielzahl der Besucher war natürlich nicht allein Hummels Artikel zu verdanken. Fast alle Zeitungen schrieben über das Ereignis. In einigen verdrängte die Weltmeisterschaft sogar den Simmeringer Giftmord aus den Schlagzeilen. Viele Blätter, die dem Schachspiel bislang nur eine untergeordnete Rolle hatten zuteil werden lassen, boten namhaften Meistern die Betreuung einer Schachecke an. Allseits bemühte man sich um Stellungnahmen der Gegner. Während Lasker jedem Rede und Antwort stand und für enorme Summen Artikel abfaßte, gelang es nicht, einen Kommentar Haffners zu erwirken. Niemand wußte über seinen Aufenthaltsort Bescheid. Zu Hause war er nicht. Ein besonders ehrgeiziger Reporter besuchte nicht nur Haffners Mutter, sondern auch Lina Bauer, die Halbschwester. Vergebens. Hinter vorgehaltener Hand beklagten jene Zeitungsleute, denen das Schach sonst ganz fremd war, die Allüren des Wiener Meisters, der sich einbildete, mit der Presse Versteck spielen zu müssen.

Unterdes trommelte Hummel in der *Neuen Freien Presse* weiter, um Haffner durch die Unterstützung der Massen zu beflügeln. Die abgebrochene Partie stand ausgeglichen, berichtete Hummel, und dies war der nüchternste und wohl einzige objektive Satz in seinem

Artikel. Er scheute nicht den Vergleich mit dem biblischen David, der den Goliath erschlagen hatte. Er beschwor die Erinnerung an Radetzky und Prinz Eugen. Er rief die Wiener mit martialischen Losungen auf, einem der Ihren zu helfen, und hatte, im Verband mit gemäßigteren Kollegen, Erfolg. Zur Wiederaufnahme der Partie fanden sich noch mehr Schaulustige ein. Diesmal hatte der Polizeikordon die Menge im Griff.

Lasker war schon lange am Platz, als Carl eintraf. Auch die Hintertür wurde von Reportern bewacht. Carl brachte es nicht fertig, sie beiseite zu schieben, obschon es höchste Zeit war, im Spielzimmer zu erscheinen. Einmal mehr war es Fähndrich, der Carl aus seiner Verlegenheit rettete. Außer Atem setzte Carl sich ans Brett. Der Schiedsrichter entsiegelte das Kuvert, das Laskers Abgabezug enthielt. Der Zug wurde ausgeführt, Carls Uhr gestartet. Es folgte ein kurzer Schlagabtausch. Lasker versank in Nachdenken. Offenbar hatte er mit einer anderen Fortsetzung gerechnet.

Carl hatte nahezu den ganzen vergangenen Tag auf der Straße verbracht. Die Kälte weckte ihn nach wenigen Stunden Schlaf. Auf dem Fenster rankten Eisblumen. Nun spürte er auch quälend den Hunger, den das Spiel unterdrückt hatte. Er konnte sich nicht einmal waschen, weil aus dem Hahn auf dem Gang kein Wasser floß. Ein Spaziergang mußte ihn wärmen. Carl überlegte, ob er Lina oder seine Mutter aufsuchen sollte. Dazu war es zu früh. Nachdem er einige Stunden umhergelaufen war, schwindelte ihn vor Schwäche. Er hatte nicht die Kraft, sich Lina oder seiner Mutter mit gebührender Aufmerksamkeit zu widmen, und unhöflich wollte er nicht sein. Statt dessen klopfte er an die Tür des Wiener Schachklubs. Im Saal tilgte eine Kompanie Putzfrauen die Spuren der Veranstaltung. Carl, vom Spaziergang und vom Hunger erschöpft, bat den Vereinssekretär, sich im Ruheraum ein wenig erholen zu dürfen. Als er aufwachte, erwartete ihn eine Überraschung. Ein Bote der Bank hatte das Honorar, das Carl für die Herausgabe der *Deutschen Schachzeitung* zustand, im Sekretariat abgegeben. Darauf nahm Carl in einem Gasthaus eine kleine Mahlzeit zu sich. Er war spät heimgekehrt. Jener Reporter, der zu Lina und Carls Mutter vorgedrungen war, hatte längst seinen Posten vor Carls Haus geräumt.

An den Demonstrationsbrettern fragte man sich, was Laskers Zögern bedeutete. War der Weltmeister in Schwierigkeiten? Es kam die Nachricht von seinem Zug – Haffners Erwiderung folgte postwendend. Nach einigen weiteren Zügen verlautbarte Meister Albin an einer der Schautafeln, daß der Herausforderer ein gewisses Übergewicht erlangt hatte. Die Begeisterung war groß. Geheimräte und hohe Offiziere, die in ihrem Leben noch keine fünf Partien Schach gespielt hatten, erstiegen ihre Stühle und applaudierten. Noch ein paar Züge später traten die Meister an den Demonstrationsbrettern von einem Fuß auf den anderen. Haffner hatte einen Bauern mehr. Aber war der Vorteil groß genug, die Stellung nicht zu zweischneidig? Niemand, weder Albin noch einer der übrigen Kommentatoren, wagte der Menge zu verkünden, daß Haffners Sieg möglich schien. Es war, als fürchteten sie, durch Voreiligkeit das Schicksal des Österreichers zu seinen Ungunsten zu beeinflussen.

Das Publikum ließ sich nicht täuschen. Haffner stand auf Gewinn, hieß es, zunächst nur hinter dem Zigarrenqualm, in den sich die Meister hüllten, dann an den Tischen und im Foyer, schließlich auf der Straße. Wer angenommen hatte, die Leute würden nun noch mehr jubeln, sah sich getäuscht. Wenn jemand seinen Kaffee umrührte, hörte es der ganze Saal. Auf der Straße, wo man ebenfalls ein Demonstrationsbrett aufgestellt hatte, gab es keinen Laut und keine Bewegung in der Menge. Im Saal flackerten die Blicke von den Tafeln zu der Tür, durch die der Bote mit dem nächsten Zug kommen mußte.

Hummel saß im Saal an einem eigens für ihn reservierten Tisch und ließ niemanden an sich heran. Mit einer Hand stützte er das Kinn, die andere umklammerte ein Taschentuch. Von Zeit zu Zeit tupfte er die Stirn trocken. Er starrte auf das Demonstrationsbrett. Gern wäre er hineingegangen zu den Spielern, um nicht auf den Boten angewiesen zu sein – Hummel war der Zutritt zum Spielzimmer ja erlaubt. Aber die Spannung lähmte ihn, band ihn an seinen Stuhl wie alle anderen im Saal.

In diesem Augenblick, als er in die entrückten Gesichter sah, begriff Hummel. Diesen Menschen ging es nicht darum, daß der Weltmeistertitel im Schach nach Wien wandern konnte. Gewiß, das war eine erfreuliche Nebenperspektive. Aber hier ging es nicht um Schach. Die Mehrzahl der Gaffer stand einer Spanischen Eröffnung und einem Abgelehnten Damengambit so gleichgültig gegenüber wie der Philosophie, die sich in einem bestimmten Spielsystem verbarg. Einige von ihnen wußten vom Schach kaum mehr als die Gangart der Figuren. Manche hielten es für so etwas wie ein Welträtsel. Den Genuß, den das Spiel dieser beiden bot, konnten sie kaum nachempfinden. Was aber trieb sie her? Allein die Auseinandersetzung. Wie hatte der Photograph formuliert? Ihm war egal, ob um die Wette in der Nase gebohrt oder Schach gespielt wurde. Und so dachten die Leute, während sie die Schautafeln anstaunten wie ein Orakel. Es ging ihnen um den Wettstreit, um Sieg oder Niederlage, um Aufregung und – um eine Antwort. Die Art der Waffen war nebensächlich. Man wollte ohne eigenes Risiko einen Vorgang beobachten, dem man selbst im Alltäglichen ganz unfreiwillig unterworfen war. Einem Wettstreit, dessen Regeln man zu kennen glaubte, lagen klare Muster zugrunde, ganz im Unterschied zu den Konflikten des Lebens. Im Leben wußte man nur selten, ob man ein Spiel gewonnen hatte. Und man wußte nicht, wer hinter den Spielregeln steckte. Das war das schlimmste.

Hummel bemerkte, daß sich die Leute ringsum von ihren Sitzen erhoben. »Was ist los?« rief er. Er hastete zum Demonstrationsbrett.

»Abgebrochen«, erklärte Meister Albin.

»Schon wieder abgebrochen? Laskers Bedingungen! Das ist doch Schach auf Raten!«

Albin hob die Schultern. »Was soll man machen? In eineinhalb Stunden geht es weiter.«

Hummel drückte Albins Arm und machte sich auf die Suche nach Haffner. Er fand ihn im Foyer, umringt von einigen Meistern, von gewöhnlichen Zuschauern aber unbehelligt. Haffner schien gelöst. Er blickte offen und sicher und beantwortete freundlich jede Frage nach möglichen Zugvarianten. Natürlich wollten alle wissen, wie er die Stellung einschätzte. Haffner sagte, er sei zuversichtlich, die Partie remis zu halten.

»Was heißt remis? Sie werden gewinnen!«

Haffner faßte Hummel an der Hand. »Lieber Meister«, sagte er. »Vielleicht könnte es Ihnen tatsächlich gelingen, diese Partie zu gewinnen. Ihnen liegen solche Positionen sehr. Ich muß abwarten.«

Hummel und einige andere bestürmten ihn mit Varianten. Unwillkürlich wich Haffner einen Schritt zurück. Er bat um Verständnis dafür, daß er sie verlassen mußte. Er wollte einen kurzen Spaziergang im Freien unternehmen. Die Meisterrunde wünschte ihm Glück und stürzte zu dem Tisch, an dem Weiss und Wolf schon die Abbruchstellung analysierten. Wenige Momente später stand Fähndrich, in der Hand ein Imbißpaket für seinen Schützling, bei ihnen und fragte nach Haffner. An der Tür stieß er mit einer Dame zusammen. Sie hielt ihn am Arm fest und erkundigte sich nach Carl Haffner.

»Wann kommt er wieder? Kann mich jemand mit ihm zusammenbringen?«

Fähndrich überblickte den Saal. Er wies auf den grauen Kopf Mandls. »Der da. Das ist der Präsident. Entschuldigen Sie.«

Mandl schritt durch den Saal, als hätte er persönlich zu einem Ball geladen. Mit seinem Sektglas prostete er prominenten Besuchern zu. Als die Dame vor ihn hintrat, zog er erfreut die Brauen hoch. »Gnädige Frau, Sie sind das erste weibliche Wesen, das diesen Wettkampf beehrt.«

»Und? Wollen Sie mich jetzt ausstellen?«

Mandl zuckte zusammen. Die Dame lächelte und sah ihm ohne Scheu in die Augen. »Nicht böse sein, Herr Präsident – Sie sind doch ein Präsident?« Mandl verbeugte sich verwirrt. »Ich habe für derlei Getue bloß nicht viel übrig. Mein Name ist Feiertanz. Ich bin hergekommen, weil ich den Schachspieler Carl Haffner kennenlernen möchte. Man sagte mir, Sie könnten mich ihm vorstellen.«

Mandl nannte seinen Namen. Er war in der Lage und gern bereit, die Dame mit Herrn Haffner bekannt zu machen. Sie sei wohl eine Bewunderin des Meisters? Er fragte, ob ihr eine Erfrischung genehm sei. Als Frau Feiertanz beides verneinte, führte er sie ins Spielzimmer. Er stellte ihr einen Stuhl bereit und erwirkte für sie beim Schiedsrichter die Sondererlaubnis, dem Spiel beiwohnen zu dürfen.

Auf dem Weg zurück in den Saal rätselte Mandl, wer die Frau war und was sie von Haffner wollte. Sie war vielleicht ein wenig zu groß und zu schlank und nicht gerade elegant gekleidet, dafür aber von natürlicher Schönheit und unbestritten charmant. Ihre umgängliche Selbstsicherheit hielt er für Koketterie. Etwas war an ihr, das sie von anderen Frauen unterschied. Es war ungewöhnlich, daß sich eine Frau ohne Begleitung herumtrieb, besonders zu dieser Nachtzeit. Eine Hure, dachte Mandl. Eine Schauspielerin. Vielleicht war sie auch ein wenig verrückt.

Es gab keine Gelegenheit, Haffner und Frau Feiertanz vor Wiederaufnahme der Partie einander vorzustellen. Haffner traf in letzter Sekunde ein. Man durfte ihn nicht mehr stören. Doch ihres Platzes im Spielzimmer konnte die Dame sich glücklich schätzen. Im Saal fand sich wieder kein freier Stuhl. Dutzende froren draußen vor den fackelumsäumten Schautafeln. Der Freiherr von Rothschild mußte zum wiederholtenmal mit dem Wiener Polizeipräsidenten, seinem Tarockpartner, telephonieren, um zu verhindern, daß die Polizei die Straße räumte.

Lasker verlor einen zweiten Bauern. Die Kommentatoren warnten vor Jubel. Es handele sich um ein wohlberechnetes, ja grandioses Opfer Laskers, um die Partie zu halten. Der Saal teilte diese Meinung nicht. In überreizter Stimmung beharrten die Laien auf ihrer Faustregel, nach der zwei Mehrbauern sicheren Gewinn verheißen. Eine Gruppe junger Kavallerieoffiziere, die seit Stunden durch Branntweinschenken gezogen waren und die der Übermut in den Klub geführt hatte, stieß im Foyer mit Champagner auf den Sieg an. Sie glaubten, daß mit dem Gewinn dieser Partie der Weltmeistertitel für den Kaiser errungen war, mit Mühe unterschieden sie das Schach vom Damespiel. Als sie hörten, daß Haffner in das Unentschieden eingewilligt hatte, verbargen sie ihren Mißmut nicht. Gläser zersplitterten unter ihren Stiefeln, Flaschen flogen gegen die Wand, der Tisch und zwei Stühle gingen zu Bruch, und ehe der lustige Haufen aus dem Spiellokal marschierte, wurden ein paar Unbeteiligte en passant mit Ohrfeigen bedacht.

Die ins Spielzimmer strömende Menge hinderte Mandl daran, gleich nach Ende der Partie die Dame mit Haffner bekannt zu machen. Er vertraute Frau Feiertanz der Obhut Thirrings an und drängte zum Spieltisch. Mit verlegener Miene kehrte er zurück. Haffner war durch die Hintertür entwichen. Vielleicht gelang es Fähndrich, der auf der Straße nach Haffner suchte, diesen zur Umkehr zu bewegen. Belustigt sprach Frau Feiertanz Mandl von aller Schuld frei. Mandl bestellte Kaffee und Apfelstrudel, um die Wartezeit zu verkürzen, und bat um Erlaubnis, zu fragen, welcher Art Frau Feiertanz' Interesse an Carl Haffner war.

2

Carl Siegfried Haffner war im dritten Jahrzehnt des vorigen Jahrhunderts von Königsberg nach Wien gekommen. Sein Vater Siegfried war ein ehrgeiziger, aufstrebender Tuchwarenhändler. Das Geschäft ging so gut, daß Siegfried Haffner seinen Sohn zu einem Privatlehrer schicken konnte. Carl sollte Arzt werden. Der jedoch meinte, für die Medizin nichts zu taugen. Statt dessen mißbrauchte er die Bücher im Empfangszimmer des Vaters: Er las sie. Goethe fand er langweilig, der blutigste Shakespeare unterhielt ihn, Kotzebue verehrte er als einen großen Mann. Seine Meister waren jedoch jene Volksdichter, deren Komödien in den österreichischen Theatern gespielt wurden. Carl schrieb selbst Geschichten und komische Dialoge, die er seiner Mutter vortrug. Sie hatte für den Ehrgeiz ihres Mannes kein Verständnis, wohl aber für Carls heimliche Leidenschaft. Zwar schimpfte sie, Carls Dichtung sei nur eine andere Art, sich um die wichtigen Dinge des Lebens zu manövrieren. Aber im stillen sagte sie sich, daß Humor der Verbissenheit etwas voraushatte. Sie deckte ihren Sohn, wo immer sie konnte.

Ein halbes Jahr nach Carls letzten Prüfungen konnte sie ihm nicht mehr helfen. Obwohl Siegfried Haffner seine Entscheidung längst getroffen hatte, wurde, um die Form zu wahren, der Familienrat einberufen. Die jüngeren Geschwister mußten zu Bett gehen. Carl wartete vor der Tür auf das Ende der Besprechung. Bald bat ihn seine Mutter mit rotem Gesicht ins Zimmer.

»Du hast«, sagte der Tuchwarenhändler, »eine Ausbildung erfahren, die jeder Vater in der Stadt seinem Sohn wünscht. Du hattest neben deinen Pflichten Freiheit. Es hat dir an nichts gefehlt.« Siegfried Haffner blickte auf seinen Bruder Wilhelm, einen starken Trinker, der zustimmend nickte. »Ich habe dir einige Monate Zeit gegeben, dich von deinen Prüfungen zu erholen. Ob du die Zeit genutzt hast, weiß ich nicht. Jedenfalls fährst du in zwei Tagen ab.«

Carl sah auf. Die Mutter schloß von außen geräuschvoll die Tür.

»Du wirst in Wien Medizin studieren. Die Wiener Universität hat den besten Ruf. Einmal in der Woche schreibst du und berichtest mir über dein Studium und dein Wohlergehen. Die freien Monate verbringst du hier. Solange du erfolgreich bist, werde ich für dich aufkommen.«

In der Postkutsche nach Wien betrank sich Carl zum ersten- und einzigenmal in seinem Leben. Nach zwei Stunden nahm er Papier aus dem Handgepäck. »Lieber Herr Vater!« schrieb Carl. »Meine erste Anatomiestunde ist vorzüglich verlaufen. Wir waren in einem großen Saal, in dem es kalt war und entsetzlich stank.

Anhand eines verhungerten Bettlers wurde uns der Bauch erklärt. Der Professor schlitzte die Leiche auf und entnahm ihr einen Klumpen blutigen Schleims, von dem wir erfuhren, daß es sich um die Leber handelte. Bestellen Sie unbedingt Onkel Wilhelm, daß eine Trinkerleber ein schrecklich schöner Anblick ist. Morgen zeigt uns der Professor das Gehirn. Mir geht es gut. Es grüßt Sie Ihr Sohn Carl.«

Als er in Wien aus der Kutsche taumelte, lagen in seinem Holzkoffer zweiundfünfzig Briefe.

Carl hatte bei einer alten Majorswitwe ein Zimmer gemietet, das er morgens sofort verließ. Den Tag verbrachte er auf der Straße, in den Cafés, im Theater. Nachdem der Vater kein Geld mehr schickte, verdiente sich Carl das Nötigste, indem er auf Heurigenbänken seine komischen Szenen vortrug. Durch seine Auftritte lernte er andere Künstler kennen. Einer dieser Bekanntschaften verdankte Carl seine erste Anstellung. Das Karltheater suchte einen Textdichter. Ein Schauspieler riet Carl, sich zu bewerben. Carl, der sich insgeheim einer solchen Aufgabe nicht gewachsen fühlte, schüttelte den Kopf. Doch der Schauspieler brachte dem Direktor des Karltheaters die komischen Szenen und Carls erstes Stück. Carl wurde engagiert. Es dauerte nicht lange, bis seine eigenen Komödien gespielt wurden.

Dieser Erfolg veränderte Carl. Er nahm sich eine Wohnung und ging nur noch selten aus. Für einen Dichter schicke es sich nicht, sich auf der Straße herumzutreiben oder seine Zeit in Kaffeehäusern zu vergeuden. Er ließ sich mit staatstragender Miene von den besten Schneidern das Maß für Anzüge abnehmen. Er zahlte in Raten. Er war ein äußerst säumiger Schuldner. Immer wieder wurde ein nobler Meister beim Dichter Haffner in der Gonzagagasse vorstellig, um die Bezahlung einer Premierengarderobe einzumahnen.

Eines Tages stolperte er vor der Theaterintendanz beinahe über ein Mädchen, das auf dem Boden kauerte. Es kam oft vor, daß abgelehnte Schauspielerinnen an dieser Stelle ihrer Enttäuschung freien Lauf ließen. Irgend etwas – die dunklen Locken des Mädchens, das Kleid, vielleicht die blütenweißen Strümpfe – nötigte Carl anzuhalten, um der Kleinen ein paar Worte zu sagen. Sie sprang auf und wollte davonlaufen. Er hielt sie zurück. Sie senkte den Blick und duldete es, daß Carl ungeschickt, als bürste er einen Fleck aus einem Hemd, über ihre Wangen strich.

»Mein Fräulein«, sagte er sanft, »so schlimm kann es doch nicht sein.«

Sie stampfte mit dem Fuß auf. »Meine Stimme ist zu dünn, und ich bewege mich wie eine Greisin. Das ist nicht schlimm? Fragen Sie den Intendanten! Da kommt er!« Carl wandte sich um und grüßte verlegen. Er zog das Mädchen in eine Nische, wo sie vor den Blicken der Kollegen geschützt waren. Er stellte sich als der berühmte Dichter Haffner vor. Das Aufleuchten ihrer Augen machte sie ihm noch sympathischer. Keine seiner Schülerinnen sei jemals an einem Theater zurückgewiesen worden. Er erlaubte dem Fräulein – Elisabeth? –, ihn am nächsten Tag zu besuchen, um eine wichtige Rolle einzustudieren.

Elisabeth war die zweite Tochter eines niederen Beamten. Die Mutter hatte sie im Kindbett verloren. Schon früh zeichnete sich Elisabeths Wesen durch eine eigensinnige Koketterie aus, sie war frech und ängstlich zugleich. In der Schule kam sie dank ihres Verstandes voran. Jener gewisse Hang zum Schwärmen und Träumen prägte sie jedoch mehr als andere Mädchen ihres Alters, und so blieben ihr Belobigungen durch den Lehrer versagt. Das kümmerte sie nicht weiter. Die Schule, befand sie, hatte nichts mit dem Leben zu tun. Im wirklichen Leben, das hatte sie rasch erkannt, dienten ihr ihr Lachen, ihre großen braunen Augen und die Grübchen in ihren Wangen – und nicht das unnütze Wissen, das Bücher vermittelten.

Als sie achtzehn war, durfte sie Marie, ihre verheiratete Schwester, in ein Vorstadttheater begleiten. Es wurde der aufregendste Tag ihres Lebens. Die Geschwister suchten gemeinsam die Kleider aus und halfen einander bei der Toilette. Ein Zweispänner brachte sie zum Theater. Dort sah Elisabeth zum erstenmal, was sie für sich selbst immer gewünscht hatte: daß sich ein Mensch in einen anderen verwandelte. Die Person auf der Bühne lebte ein ganzes Leben in wenigen Augenblicken, sie fühlte Angst und Liebe, wurde gefeiert und betrauert.

Elisabeth gab ihre erste Rolle am nächsten Morgen. Rouge verdeckte die Spuren einer durchwachten Nacht. Ihre Füße steckten in den Seidenschuhen der Schwester. Elisabeth spielte ein Mädchen, das seinem zürnenden Vater offenbart, Schauspielerin werden zu wollen. Der alte Gaupmann aber sah kurz von der Zeitung auf und meinte: »Soll mir recht sein, nur zu!« Und wies lächelnd auf einen freien Stuhl.

Nun war es vorbei mit der Abneigung, die Elisabeth Gedrucktem gegenüber hegte. Sie lieh sich Textbücher und lernte alle Rollen, die ihr wichtig schienen. Heimlich, weil sie überzeugt war, ihr Vater stünde ihrem Ehrgeiz mit Ablehnung gegenüber, sprach sie an Theatern vor. Sie wurde überall abgelehnt. Bei ihrer Schwester weinte sie sich aus.

»Ich zweifle nicht an deiner Begabung«, sagte Marie eines Tages. »Ein Geiger verbringt Jahre am Konservatorium, ehe er sein erstes Konzert gibt. Ebenso lernen Handwerker, wie sie mit ihrem Werkzeug umzugehen haben.«

Elisabeth protestierte. Was hatte sie denn mit einem Fleischhauer oder Schuster gemein? Aber nachdem sie an mehreren drittklassigen Bühnen schon nach den ersten Sätzen abgewinkt worden war, hielt sie die Meinung ihrer Schwester nicht mehr für gar so ungeistig.

Carls Gehalt reichte gerade aus, um eine kleine Familie zu ernähren. Dennoch ließ der Dichter nie von seiner Leidenschaft für Schmuck. Er hatte ein Notizbuch erstanden, das äußerlich nicht von einer kostbar gearbeiteten Tabatiere zu unterscheiden war. In dieses schrieb er ein knappes Jahr nach jener ersten Begegnung mit Elisabeth: »Heute, am 4. April 1846, um halb fünf Uhr nachts, kam mein Sohn Adalbert Hermann zur Welt.«

Carl nannte das Notizbuch seine »Chronik«. Es wurde in einem versperrten Glasschrank zur Schau gestellt. Eine der wichtigsten Aufgaben des Dienstmädchens bestand darin, morgens den Schrank von Staub zu befreien. Nur namhaften Besuchern öffnete Carl die Vitrine. Er verbarg seinen Unwillen nicht, wenn jemand über eine Eintragung hinweggeblättert hatte.

Elfmal konnte Carl eine Seite der Chronik beschreiben. Vier Kinder überlebten die ersten Wochen, Adalbert und drei Mädchen. Die beiden jüngeren Schwestern waren blaß und langsam. Ihr Glück bestand darin, der Mutter im Haushalt zu helfen oder Rollen für die Stücke zu lernen, die der alte Haffner zuweilen im Salon inszenierte. Anders Christine. Zwar fand auch sie Gefallen am Schauspiel und an der Arbeit im Haus. Im Unterschied zu Hermine und Natalie ärgerte es sie jedoch, daß der Vater Adalbert mehr Zeit widmete. Seinen Töchtern gegenüber war der Dichter milde. Adalbert zwang er rücksichtslos zum Geigenunterricht, zügelte ihn, war allgegenwärtig. Indessen schwang im Lob für seinen Sohn Zärtlichkeit mit, die er den anderen Kindern nicht entgegenbrachte. So kam es vor, daß Christine in Kleidern des Bruders auf der Straße tobte, bis sich alle Nachbarsbuben vor ihr fürchteten. Abends erschien sie mit schmutzigen Händen am Tisch und schüttelte sich Sand aus dem Haar.

Elisabeth gab die Hoffnung nicht auf, bei einem Theater unterzukommen. Carl unterstützte sie nicht.

»Mein Wissen kann einem ungeschliffenen Talent nicht behilflich sein. Und wenn ich dir durch meine Beziehungen ein Engagement verschaffe, schadet dies deinem Ruf und somit deiner Laufbahn.«

In Wahrheit war es dem Dichter recht, daß seine Frau den Haushalt lenkte, anstatt jedes Jahr monatelang durch die Theaterwelt zu tingeln. Also verließ Elisabeth wie früher, als sie ihre Neigung vor dem Vater versteckte, heimlich das Haus, um die maßgeblichen Männer des Wiener Schauspiels von ihrem Können zu überzeugen.

Eines Tages durfte sie am Burgtheater vorsprechen. Dessen Intendant war bekannt für die eisige Schärfe seines Urteils. Außerdem hielt er das Boulevard-Theater für einen Alpdruck, den der Teufel selbst der Kunst an den Hals gehext hatte. Von all dem wußte Elisabeth nichts, als sie zur Rampe hinaufstieg. Der Intendant aber wußte, wer die Bewerberin war. Ohne erst eine Szene zu nennen, rief er aus dem Dunkel der vordersten Reihen: »Liebe Frau, ich danke! Die Rolle einer Multipara obliegt Damen aus Herrschaftshäusern. Für das Theater wurde sie noch nicht geschrieben. Sie wissen, an wen Sie sich diesbezüglich wenden können. Die nächste!«

Elisabeth schmerzte dieses Erlebnis tief. Zwar vermutete sie, daß die Kränkung ihrem Mann gegolten hatte. Allmählich wurde ihr bewußt, daß ihr Name nicht in den Theaterspalten der Zeitungen genannt werden würde und daß das Leben an der Seite eines berühmten Dichters nicht so aufregend war, wie sie sich es ausgemalt hatte. Zum Glück fand sich ein Schuldiger: ihr Vater. Er hatte ihr jede künstlerische Ausbildung verwehrt.

Diese Erklärung half Elisabeth, ihre Ambitionen langsam zu vergessen und in der Hausarbeit aufzugehen. Das Dienstmädchen entließ sie. Sie band sich noch enger an Carl. Sogar ihrer Schwester eröffnete sie eines Tages, nicht mehr besucht werden zu wollen.

Haffner war über fünfzig Jahre alt, als er von dem Komponisten Johann Strauß eingeladen wurde, das Textbuch zur Operette *Die Fledermaus zu* schreiben. Man kannte ihn. Er hatte Erfolg. Doch noch erfolgreicher, noch bekannter waren Scholz und Nestroy. Haffner verstand die Bedeutung seiner Aufgabe nicht. Er lieferte Strauß eine zu zaghafte, schlechte Arbeit. Einzig mit der Idee für die Figur des Frosches war der junge Meister wirklich zufrieden.

Daß er nie wieder einen Auftrag dieses Ausmaßes erhielt, ließ Haffner nicht an sich zweifeln. Seine Töchter wuchsen mit der Überzeugung auf, den größten Dichter ihrer Zeit zum Vater zu haben. In der Schule schimpften sie über die Zeitungen, die den Vater herabsetzten. Adalbert hingegen war der Rang seines Vaters zum einen gleichgültig, zum anderen eine Last. Ihm schrieb Adalbert den Geigenunterricht zu, die Theaterbesuche, die Schauspielstunden, die Proben und Aufführungen im Haus. Diese Welt der Schminke und der Szenen war ihm zu oberflächlich. Sie war langweilig. Sein Gefühl fand darin nichts Echtes.

An Adalberts einundzwanzigstem Geburtstag rief der Vater ihn zu sich. Vor dem Schrank, der die Chronik ausstellte, faßte der alte Haffner seinen Sohn an der Schulter: »Mit dem heutigen Tag nennt dich die Welt erwachsen. Ich habe mir deshalb erlaubt, dir dieses Mal ein besonderes Geschenk zu machen.« Er zog einen glitzernden Gegenstand aus der Rocktasche. »Du wirst deinen Weg gehen, auch wenn er dich nicht zur Dichtung, sondern zur Musik führt. Zuletzt hat dich dein Lehrer sehr gelobt.«

Er überreichte das Geschenk. Aus Adalberts Gesicht wich die Farbe. Was er für eine silberbesetzte Zigarrenkiste gehalten hatte, war – ein Buch. Auf dem Einband las er gewundene, in Gold geprägte Buchstaben: »Die schönen Weiber von Wien. Ein Lustspiel. Von Deinem genialen Papa.«

»Danke schön«, sagte Adalbert. »Und jetzt gehe ich zur Musik.« Er ließ den Vater stehen, packte seine Habseligkeiten und ging zur Tür hinaus.

Nachdem ihr Bruder das Haus verlassen hatte, fand Christine sich stets pünktlich zum Abendessen ein, ohne in ihrem Äußeren an einen Gassenbuben zu erinnern. Mehr noch: Sie übernahm von der Mutter die Rolle der bestimmenden Frau in der Familie. Sie wußte ihren Vater zu lenken. Ihr gelang es mühelos, von Carl Haffner in die Theaterwelt eingeführt zu werden. Bald trat Christine zum erstenmal an einer Wiener Bühne auf. Die Schwestern und der Vater riefen sie sechsmal vor den Vorhang. Wirklich war die Zahl der Blumensträuße, die Christine zugeworfen wurden, für eine Debütantin ungewöhnlich. Niemand wußte, daß das prächtigste Bukett von Adalbert stammte. Er hatte spät in einer der hinteren Reihen Platz genommen und drängte durch die abwandernden Besucher, als seine Familie sich von den Sitzen erhob.

Adalberts Ersparnisse waren rasch aufgebraucht. Etwa zu der Zeit, als Christine mit dem Lobe-Theater nach Breslau reiste, gab er seine ersten Vorstellungen auf der Geige. Aber anders, als es sich sein Vater vorgestellt hatte. Um den Mietzins bezahlen zu können, stritt

Adalbert mit Kutschern, Kunstpfeifern und Natursängern um die Ehre, Heurigengäste für eine Mahlzeit und ein paar Groschen in weinselige Stimmung zu musizieren. Wenn es das Klimpern in seinem Hut zuließ, lief er in ein Gasthaus. Nicht selten vertrank er seine ganze Gage. Das Trinken, in seinem Elternhaus verpönt, gefiel ihm überhaupt sehr gut.

Die Familie erfuhr erst einige Monate nach dem Ereignis, daß Adalbert geheiratet hatte. Der Kunstmaler Strasser, ein Freund des alten Haffner, kam zufällig in das Lokal, in dem Adalbert auftrat. Er erkannte den Sohn des Dichters, obwohl einige Jahre seit Adalberts Abschied von der Gonzagagasse vergangen waren. Der Wirt erzählte ihm das wenige, was er über den schweigsamen Geiger wußte: eine Frau, kinderlos, eine Adresse im achten Bezirk.

Adalbert empfing einen Brief von seinem Vater. Darin hieß es in herzlichem Ton, man habe Adalbert verziehen und erwarte ungeduldig sein Kommen. Allerdings war es nicht erforderlich, seine Gemahlin bei dieser Gelegenheit vorzustellen.

Adalbert war verärgert. Was mußte man ihm vergeben? Was bedeutete die Zurückweisung seiner Frau? Dennoch wollte er seine Familie wiedersehen.

Die Schwestern begrüßten ihn kühl. Sein Puls schlug heftig, als er an die Tür des Arbeitszimmers klopfte. Der Vater saß am Schreibtisch. Eine Weile war nur das Kratzen der Feder zu vernehmen. Vor dem Fenster beugte der Wind die Krone eines Ahorns. Der alte Haffner legte die Feder zur Seite, und sie umarmten einander.

»Du riechst wie ein Fischhändler«, sagte der Dichter. »Aber du siehst gesund aus.«

Er neigte den Kopf knapp, wie vor einem Geschäftspartner, und wies Adalbert höflich einen Stuhl zu. Adalbert bat um die Erlaubnis zu rauchen. Der Vater zog ein Tischfeuerzeug heran. Ab und zu teilte einer der beiden die Rauchwolken, die zwischen ihnen schwebten. Endlich räusperte sich der alte Haffner.

»Die Regeln des Schachspiels sind dir geläufig?«

»Ich spiele schlecht – fast gar nicht.«

Lächelnd verfolgte Adalbert, wie von schneller Hand ein Schachbrett auf den Tisch gelegt wurde. Adalbert hatte am Gymnasium einige Partien Schach gespielt, danach aber kein Interesse für das Spiel aufgebracht. Es überraschte ihn sehr, als er bemerkte, mit welchem Ehrgeiz er nun nach guten Zügen suchte. Er ließ sich Zeit. Keiner der beiden sah auf, wenn Elisabeth ins Zimmer trat, um Kaffee und Likör aufzutragen. Der alte Haffner rümpfte die Nase über die Geschwindigkeit, mit der Adalbert trank.

»Du hältst dich gut«, sagte der Dichter nach zwei Stunden. »Ich rate dir aber, endlich den König anzugreifen. Bauernjagd bringt nichts ein.«

Adalbert sah verwirrt auf das Brett. Als er seinen Blick wieder dem Vater zuwandte, fiel ihm ein, weswegen er eigentlich gekommen war. Hitze stieg in ihm auf.

»Meine Frau, Maria – erwartet ein Kind. Wird es ein Bub, will ich es Carl nennen.«

Der alte Haffner nahm einen Schluck Kaffee und nickte Adalbert zu. »Das ist recht. Aber von deiner Frau darfst du mir nichts erzählen, die Bekanntschaft dieser Dame werde ich erst oben im blauen Haus machen. Und ich hoffe, daß deine Mutter und deine Schwestern sich auch so lange gedulden wollen.«

Es dauerte einen Moment, bis Adalbert den Sinn dieser Worte erfaßt hatte. Er fegte die Figuren mit dem Arm vom Brett und stürzte aus dem Zimmer. Die Mutter, die sich ihm entgegenstellte, stieß er zur Seite. Christine folgte ihm ins Treppenhaus und rief seinen Namen. Adalbert hatte seinen Mantel vergessen.

Adalberts Frau, Maria Rieger, stammte aus Zillingdorf, einem kleinen Ort in Niederösterreich. Ihre Eltern hofften, daß sie *eines Tages* mit einem Mann das Gasthaus der Familie übernehmen würde. Obwohl Maria ein stilles, nicht sehr energisches Mädchen war, setzte sie ihren Wunsch durch, mit ihrer Freundin Liesl für eine Weile in die Hauptstadt zu ziehen. Sie sehnte sich danach, einen Spaziergang zu machen, ohne jeden Entgegenkommenden grüßen zu müssen. In ihren Träumen erreichte Wien unermeßliche Dimensionen. An einem Sommersonntag wurden Liesl und Maria von der Hälfte der Dorfbewohner zur Eisenbahn geleitet.

In Wien übernahmen die Mädchen Näharbeiten und halfen in Gasthäusern aus. Maria lebte in Verhältnissen, die für sie noch vor kurzem nicht vorstellbar gewesen waren, die ihr nun aber eine ganz unbekannte, zähe Tatkraft erschlossen. Nach einigen Wochen fand sie sich in der Stadt zurecht. Sie blieb still und schüchtern, doch ihre Sinne nahmen jeden neuen Reiz der Umgebung wahr. Maria war zufrieden, niemandem Rechenschaft ablegen zu müssen. Immer mehr Zeit verging zwischen dem einen und dem nächsten Brief an die Eltern. Obwohl sie sich Tag für Tag nach Arbeit umsehen mußte, war sie in dieser gehetzten Gleichförmigkeit ohne Sorgen.

Adalbert und Maria begegneten einander bei einem Heurigen. Nachdem er den Bogen abgesetzt hatte, verneigte Adalbert sich und bat, am Tisch der beiden Mädchen Platz nehmen zu dürfen. Maria war weder besonders hübsch noch unansehnlich. Männer fanden mehr Gefallen an der zwanglosen Liesl. Aber Adalbert machte ihr, Maria, Komplimente. Sie heirateten.

Auch die Geburt des kleinen Carl mäßigte Adalberts Unrast nicht. Er rannte durch Wien. Er spielte in den Heurigen. Spätabends stieß er die Tür auf und warf mißgelaunt einen Geldbeutel zu Marias Näharbeiten. Oft starrte Maria bis zum Morgen durch das Fenster auf die Beine der Nachtschwärmer. Nicht nur die Sorge um Adalbert, auch die Frage nach der Zukunft raubte ihr den Schlaf. Adalbert schien stets von einer Last bedrückt wie jemand, der mit einer Krankheit zu ringen hat. Liesl meinte, es sei das Ehefieber. Adalbert habe sich noch nicht daran gewöhnt, Frau und Kind zur Seite zu haben. »Das gibt es. Hab keine Angst.«

Adalbert verbrachte seine Zeit auf der Straße, selten in Gasthäusern. Es war nicht die neue Lebenslage, die ihn durch die Stadt trieb. Mit Maria verband ihn vertraute Zuneigung. Ihn quälten Fragen nach dem Sinn seines Daseins. Auch die ständige Geldknappheit machte ihn verzweifelt. Zuweilen plagte ihn sein Gewissen, und er spielte mit dem kleinen Carl und führte Maria aus. An anderen Tagen der Reue lud er Gäste ein. Doch bald hastete Adalbert wieder durch breite, menschenleere Straßen, im Mund alten Tabak oder ein Stück Holz, um den Hunger nicht zu spüren. Seine Tage waren sonnig und kalt.

Zu Ehren der silbernen Hochzeit des Kaiserpaares fand ein Umzug statt, der ganz Wien aus den Häusern trommelte. Seine tägliche Flucht hatte Adalbert in den Prater verschlagen. Dort gewahrte er die ersten Wagen. In diesem Augenblick mußte er an sein Heim denken, an die zwei Räume, in denen Maria werkte, und an Carl, der mit großen Ohren stumm auf dem Boden saß und mit Steinen spielte. Adalbert fühlte plötzlich solches Mitleid für den Kleinen, daß er kehrtmachte und nach Hause lief.

Jahre später sollte Carl sich an jenen Tag im April erinnern, den er an der Seite seines Vaters in den Straßen erlebt hatte. Auf dem Weg zur Ringstraße fragte Carl unablässig nach der Kaiserin und dem Kaiser, die seine Phantasie mit den zauberumrankten Herrschern aus den Märchen seiner Mutter gleichsetzte. Erst beim Anblick des ersten Wagens verstummte er.

Langsam marschierten Männer in Kostümen vorüber. Manche führten Hunde an der Leine, andere hatten pralle Säcke über die Schulter geworfen, einer trug eine tote Gans. Riesige, geschmückte Pferde trotteten einher; auf dem Arm eines Reiters saß ein Raubvogel. Carl hörte eine Peitsche knallen. Ja – da kam die Kaiserin! Hinter einer Gruppe von Tänzern rollte ein hölzerner Wagen über den Weg. Seine Seiten zierten Vorhänge aus Laub. Die Kaiserin saß neben einem grimmigen Mann, der das Gespann lenkte, auf einem blanken Brett. Carl hatte sie sich viel schöner und prunkvoller vorgestellt. Ihr Kleid sah aus wie das anderer Frauen. Ihr Haar war zerzaust und – sie trug keine Krone. Die bewaffneten Männer, die mit dem Wagen ritten, schienen über sie zu lachen. Hatte man sie gefangengenommen?

Carl begann zu weinen. Als er dem Vater den Grund nannte, lachte der. »Aber das ist doch nicht die Kaiserin! Der Zug ist die Jagdgruppe mit dem Beutewagen, und die Frau ist die Beute der Jäger!«

Verständnislos starrte Carl auf den Zug. Als er sein Gesicht ungläubig dem Vater zuwandte, vernahm er einen Knall. Die Pferde vor dem Wagen bäumten sich auf. Der Kutscher stand auf dem Bockbrett und riß an den Zügeln. Die Frau, von der Carl noch immer glaubte, es sei die Kaiserin, klammerte sich entsetzt an eine Holzlatte. Mit einemmal schnellten die Pferde nach vorne. Der Kutscher stürzte vom Wagen. Die Pferde brachen aus, hinein in die Zuschauer. In einer Staubwolke, in der der Wagen zum Stillstand kam, schrien Menschen.

Carl hatte das Gefühl, daß sein Vater wie von einem fremden Willen zu der Stelle getrieben wurde. Wortlos, starr bahnte er ihnen einen Weg durch die Menge. Um den verunglückten Wagen hatte sich ein großer Kreis gebildet. Hier hielt sich ein Mann den Kopf, dort humpelte ein anderer, auf einen Freund gestützt, davon. Ein Mann kniete neben einem Bündel aus Blut und Kleidern auf dem Boden. Carl war sich gewiß, daß dieses Bündel die Frau aus dem Wagen war. Als der Staub sich gelegt hatte, sah er den Mann genauer. Der Mann hatte keinen Bart. Mit seiner Mütze fächelte er der Frau Luft zu und schrie dabei nach einem Arzt. Die Frau bewegte sich nicht. Der Mann sprang auf und rannte wahnsinnig den Menschenkreis entlang, als könnte er einen Arzt an den Gesichtszügen erkennen. Er besann sich wieder und kehrte zu der Frau zurück. Abwechselnd rief er ihren Namen und nach einem Arzt. Man hörte nur seine verzweifelte, sich überschlagende Stimme. Die Menschen standen still in gespannter Erwartung. Nach einer Weile ertönte ein Schrei, der wie der eines Tieres klang. Die Frau war es, die schrie. Ein alter Mann neben Carl sagte seltsam lächelnd: »Da hilft kein Arzt mehr. Der junge Kerl kann einem leid tun.«

Carl sah, wie der Mann mit der Mütze einem Soldaten das Gewehr entriß, zu der heulenden Frau rannte und ihr das Bajonett in die Brust stieß. Die Menschen stöhnten auf. Soldaten eilten in ihren blitzenden Waffenröcken zu dem Mann, der sich auf die Frau geworfen hatte und sie umarmt hielt. Man hörte den Wind, der durch eine mächtige Eiche rauschte.

Adalbert suchte nie nach Arbeit. Er war seiner Frau treu in dem Sinne, daß er seine Aufmerksamkeit auch keiner anderen widmete. Selten empfand er bei Marias Anblick ein Gefühl von Zärtlichkeit. Es war gut, daß sie da war, doch er liebte sie nicht.

Er las keine Bücher mehr. Die Fragen, die ihn durch die Straßen und über Brücken jagten, ihn zu Hochzeiten und Begräbnissen trieben, die wortlosen Fragen um Sinn und Weg des Lebens wurden in keinem Buch beantwortet. Adalbert hatte den Eindruck, daß manch Philosoph seine Bücher nur geschrieben hatte, um nicht selbst an seinen Fragen irre zu werden.

Aber noch immer spürte Adalbert, daß auf ihm Verantwortung lastete, die ihm zuweilen unermeßlich erschien. Dann lief er zu Bekannten und lud sie zum Abendessen ein. Das Geld dafür trieb er irgendwie auf. Niemand ließ sich lange bitten, weder Liesl, die in oft wechselnder Herrenbegleitung kam, noch die Haseks und die Lechners, zwei Ehepaare, die niemals Geld, doch auch nie Sorgen zu haben schienen. Maria hielt die Kochkünste ihrer Mutter in Ehren. Adalbert verwandelte sich in einen aufmerksamen Gastgeber. Es bereitete ihm Vergnügen, nach dem Essen Spiele zu spielen. Bei Scharaden und Zungenbrechern lachte er, bis er sich auf seinem Stuhl krümmte und so zu Marias Ärger den kleinen Carl aus dem Bett lockte.

Ganz besonders liebte Adalbert das »Augenrätsel«: Während jemandem aus der Runde die Augen verbunden waren, wurde ein Gegenstand vom Tisch genommen. Der Binde entledigt, hatte der Betreffende so schnell wie möglich das Verschwundene zu benennen.

Eines Abends hatte die Laune der Gesellschaft dafür gesorgt, daß Carl nach dem Essen nicht zu Bett geschickt worden war. Seine Ohren röteten sich, als er in seiner Strickweste und den geflickten Hosen länger und länger am Tisch sitzen bleiben durfte. Das Spiel mit der Binde fesselte ihn. Carl war ein ruhiges, genügsames Kind, man staunte über den Eifer, mit dem der Kleine darum bettelte, die Augen verbunden zu bekommen. Scherzend legte Lechner Carl das schwarze Tuch um den Kopf. Als Carl befreit wurde, zwinkerte er kurz und rief. »Die Zuckerdose!« Richtig, Liesl hielt die Zuckerdose unter dem Tisch verborgen.

Mit strahlender Miene bat Carl noch einmal um die Binde. Diesmal fehlte Haseks Zigarettenetui. Carl brauchte nicht mehr eigens nach der Binde zu verlangen. Mühelos entdeckte er das Fehlen einer Zeitung, eines Kerzenstumpfes und eines besonders unauffälligen Glases. Dann klatschte Lechner in die Hände. »Sehr eindrucksvoll, Carl! Jetzt sehen wir, ob du ein Meister bist. Warte vor der Tür, inzwischen verändern wir etwas im Raum. Im Raum, hörst du?«

Carl streifte die dicken Wollstrümpfe über und lief hinaus in die feuchte Kälte des Ganges. Wenn er an gewöhnlichen Tagen die Wohnung verließ, um Kohlen aus dem Lager zu holen, lauerten in den Nischen die schreiende Frau vom Umzug und andere Gespenster. Nun konnten sie ihm nichts anhaben.

Beim Ruf Lechners war Carl mit einem Satz in der Wohnung. Er wies auf die freie Stelle an der Wand, wo man ein Bild abgenommen hatte. Nacheinander vermißte Carl den Geigenkoffer, den Schürhaken, einen Blumenstrauß und sogar das Tischtuch, das die listige Runde unter dem Geschirr weggezogen hatte.

Einmal mußte Carl seine Beine länger als zuvor im Zaum halten. Auf Lechners Ruf sprang er in die Wohnung.

Sein Lächeln wich einem Ausdruck ratlosen Erschreckens. Ganz deutlich sah er, daß etwas fehlte. Er tappte wie ein Greis durch das Zimmer, musterte die Wände, blickte zu Boden, forschte in den gespannten Gesichtern. Ein sehnsüchtiger Schmerz wühlte dumpf in ihm. Plötzlich tönte die Wanduhr allen so aufdringlich wie eine Kirchenglocke.

»Mir scheint, das war nicht sehr nett«, sagte Lechner. »Carl, armer Kerl, du kannst nichts dafür, es ist doch zu verrückt.« Und laut: »Jetzt beschwören wir den Geist ...«

Der schwere Vorhang, der bis zum Boden reichte, wölbte sich. Hervor trat augenzwinkernd – der Vater. Carl schlug die Hände vor das Gesicht. Er schluchzte auf, drehte sich im Kreis und lief in seine Kammer. Der Vater umarmte ihn, bis Carl eingeschlafen war.

3

Vor der zweiten Partie der Weltmeisterschaft wurde Freiherr von Rothschild ausgeschickt. Er sollte dem Polizeipräsidenten beim Tarock die Genehmigung abspielen, auf der Straße vor dem Wiener Schachklub Bänke aufzustellen. Rothschild gewann. Die Veranstalter bereiteten einen Glühweinausschank und einen Stand für den Verkauf von gerösteten Kastanien vor. Man vervierfachte die Zahl der Demonstrationsbretter. Dafür wurde die Hälfte der Tische aus dem Saal entfernt.

Nachdem man Mandls Anordnungen nachgekommen war, zog er sich in sein Büro zurück. Zufrieden steckte er sich eine Zigarre an. Sogar an Kleinigkeiten hatte er gedacht, etwa dieser Frau Feiertanz einen Platz im Spielzimmer zu reservieren. Groß war Mandls Überraschung, als ein Sekretär ins Büro stürzte, um von den ersten Händeln im Saal zu berichten.

Drei Stunden vor Beginn der Partie war kein Platz mehr unbesetzt. Neuankömmlinge, manche nicht mehr ganz nüchtern, verlangten schimpfend einen Stuhl. Zwischen Stehenden und Sitzenden kam es zum Streit.

Dem bekannten Gymnasialprofessor Kolaric, der seinen Sessel nicht räumen wollte, wurde der Rock zerrissen. Der herbeigeeilte Mandl befahl den Krakeelern zu verschwinden. Er wurde nicht einmal zur Kenntnis genommen. In seiner Hilflosigkeit lief er zu den Polizisten auf die Straße. Die hatten ihre Anweisungen. Was im Lokal vor sich ging, war für sie ohne Bewandtnis. Die Freundschaft zwischen Rothschild und dem Polizeipräsidenten bestand die Probe eines weiteren Telephonats. Die Polizisten sorgten für Ordnung im Saal.

Hummel saß vor einem Cognac und verteidigte zähnefletschend und mit Erfolg seinen Tisch. Beim Anblick Mandls, der kopflos durch den Raum trippelte, konnte er sich das Lachen nicht verbeißen. Aber was hatte er da nur für Leute angelockt? Hummel war es ja recht, wenn seine Kolumnen dazu beitrugen, den Fleischbergen des Ringkampfes das Publikum abspenstig zu machen. Doch die Manieren dieser Brüder...

Hummel erinnerte sich an einen Brief, der ihm im Laufe der Woche zugegangen war. Der Verfasser stellte sich als Oberst Keller vor. Leider war er in der Linzer Garnison stationiert und somit außerstande, Haffner vor Ort die Daumen zu drücken. Deshalb wünschte er ihm auf diesem Wege Glück. Wiewohl er wußte, daß Haffner ihm nicht als Soldat untergeben war, hatte der Oberst einen Befehl an ihn zu richten. Haffner mußte den Juden nicht bloß erledigen, er durfte sich auch keinesfalls mit Weiß des jüdischen Eröffnungszuges d4 bedienen. Der Doppelschritt des Damenbauern im ersten Zug war typisch für die feige jüdische Dekadenz, ein Mann von Ehre, frei von Judenblut, zog den Königsbauern! Dies wollte er dem Österreicher mit in die Schlacht geben.

Anna Feiertanz war die Tochter eines Kunsthändlers, der dem Glücksspiel zuweilen völlig verfallen war. Ihre Mutter starb früh. Als ihr Vater den Gang in die Ewigkeit antrat, hinterließ er keine einzige Krone. Durch den Verkauf des Geschäftsbestandes konnte Anna gerade seine Schulden abdecken. Sie nahm verschiedene Arbeiten an, um sich über Wasser zu halten. Sie war Kellnerin, schrieb die Erzählungen eines Dichters ins reine, war zeitweilig Gesellschafterin einer alten Gräfin, trat als Statistin im Theater auf und stand Malern Modell. Letzteres gab sie jedoch wieder auf, als sie feststellte, daß es den meisten Malern nicht nur um Kunst, sondern nicht minder darum ging, sich an ihrem Körper satt zu starren. Nacktheit war für Anna etwas Neutrales und Natürliches. Die Moral der Bürger, die am Tag jene Frauen verachteten, die sie nachts in fragwürdigen Revuen beschauten, war ihr zuwider. Sie gründete mit Gleichgesinnten eine Nudistenvereinigung, die im Sommer die Besucher der Donauufer schockierte. Mehrmals landete Anna in einer Arrestzelle. Ein so beweglicher Geist sie war, in diesem Punkt blieb sie starrköpfig. Auch empfindliche Geldbußen hielten sie nicht vom Nacktbaden ab. Wenn ihr heiß war, war ihr heiß, sagte sie sich, schließlich war sie nicht in einem Korsett zur Welt gekommen.

Ihr Interesse am Schachspieler Carl Haffner hatte ein Zeitungsartikel geweckt. Vom Schachspiel verstand sie nicht viel. Sie schätzte es nicht sehr. Jede Form kriegerischer Auseinandersetzung war ihr nicht geheuer. Sie selbst hatte ein einziges Mal körperliche Gewalt ausgeübt. Auf Bertha von Suttners Friedensroman *Die Waffen nieder* reimte der Dichter Felix Dahn: »Die Waffen hoch, das Schwert ist Mannes eigen! / Wo Männer kämpfen, hat das Weib zu schweigen!« Anna war damals knapp sechzehn Jahre alt. Als sie diese Zeilen las, wurde sie so wütend, daß sie den Dichter heimsuchte und ihm eine Ohrfeige gab.

Was war das für ein Mensch, Carl Haffner? In dem Artikel stand, daß er oft bessere Stellungen remis gab, weil er seinem Gegner nicht weh tun wollte. Das paßte nicht zu dem Bild, das Anna sich von Schachspielern machte. Haffner wurde als jemand beschrieben, der »nach nichts trachtet, was ein anderer begehrt«. Warum strebte er dann nach einer Weltmeisterschaft? Auch dies beantwortete der Artikel: Haffner hatte seinen Gegner gar nicht selbst herausgefordert. Der Wiener Schachklub sprach die Herausforderung aus, und Lasker willigte ein. Haffner hatte seinen Freunden zuliebe vom Spiel nicht zurückstehen dürfen.

Anna freute sich auf den Abend. Sie hatte sich in der Atmosphäre des Spielzimmers sehr wohl gefühlt. Man hörte nur die Schachuhr ticken und das Knarren unter den Schuhen des Schiedsrichters, der hin und wieder umherging. Es war Anna ganz recht, daß sie Haffner nicht gleich vorgestellt worden war. So konnte sie beide Spieler unvoreingenommen beobachten. Haffner blickte, ohne aufzusehen, auf das Brett. Er verzog keine Miene, erhob sich nie, doch er wirkte nicht unfrei oder gedrückt, sondern auf eine sympathische Weise konzentriert. Ohne es erklären zu können, hatte Anna den Eindruck, daß Haffner seinen Gegner als einen Kameraden betrachtete, fast wie einen älteren Bruder, für den er Achtung und Zuneigung hegte. Von all dem konnte bei seinem Gegenüber keine Rede sein. Lasker rückte seinen Stuhl, knackte mit den Fingerknochen und sprang bisweilen auf, ohne sich einen Schritt vom Tisch wegzubewegen. Er stand da und starrte Haffner an. Es hatte den Anschein, als belauerte er ihn.

In der zweiten Partie stellte Carl den sieggewohnten Weltmeister wieder vor Probleme. Hummel, der Haffners Eigenarten am Brett kannte, wandelte durch das Foyer und dröhnte, er wollte seinen Wetteinsatz verdoppeln. Denn wenn Haffner während einer Partie Zeit fand, auf und ab zu spazieren und mit den Umstehenden zu plaudern, war er im stillen davon überzeugt, nicht nur die gegenwärtige Partie, sondern auch den Gegner im Griff zu haben. Lasker dagegen saß wie angenagelt. Das Haar zerwühlt, eine noch immer nicht angesteckte Zigarre in der Rechten, beugte er sich über das Brett. Es gab einen Zwischenfall. »So kann man doch nicht spielen!« rief der Weltmeister. Er riß an seiner Krawatte, warf sie von sich und öffnete seinen Hemdkragen. Hummel hatte die Szene verfolgt. »Natürlich, er hat ihn an der Gurgel!« meinte er und verließ das Spielzimmer wieder, um Albin am Demonstrationsbrett von Laskers Ausbruch zu erzählen.

Mandl konnte endlich seiner Aufgabe nachkommen, Frau Feiertanz mit Haffner bekannt zu machen. Er zog sich sogleich diskret zurück. Rothschild raunte er zu:

»Wurde ja auch Zeit! Oder haben Sie Haffner schon einmal an der Seite einer Frau gesehen?« –»Zweimal sogar«, lautete die Antwort. »Auf der Straße. Mit seiner Mutter.«

Anna sagte Carl geradeheraus, daß sie nur gekommen war, um ihn kennenzulernen. Sie erzählte ihm von dem Zeitungsartikel. Als sie Carls Verlegenheit bemerkte, faßte sie für einen Moment seine Hand und sagte: »Ich weiß, Sie haben jetzt anderes im Kopf. Sprechen wir nach Ihrem Spiel weiter. Wenn es Ihnen recht ist.« Lasker machte seinen Zug. Carl hastete verwirrt ans Brett zurück. So etwas war ihm noch nie passiert. Er hatte nicht einmal verstanden, was die Dame eigentlich von ihm wollte.

Auch diese Partie wurde abgebrochen. Der Raum füllte sich mit Leuten, die mit den Spielern das Geschehen am Brett analysieren wollten. Am liebsten hätte Carl sich wieder über den Hinterausgang empfohlen, aber das ging nicht. Er hatte versprochen, nach der Partie mit der Frau zu reden. Er erhob sich. Ein wenig hoffte er, daß Frau Feiertanz in der Zwischenzeit gegangen war. Als er umherblickte und sie nirgends ausmachen konnte, war er erleichtert. Der gesellschaftliche Umgang mit Frauen machte ihn befangen. Mit Männern kam er weit besser zurecht.

Er hörte ein helles Lachen. Frau Feiertanz stand mit Hummel am Schiedsrichtertisch. Hummel winkte Carl zu. Er verabschiedete sich von Frau Feiertanz und bahnte sich einen Weg durch die Kiebitze, die Laskers Analyse folgten. »Famose Frau!« sagte er zu Carl. »Gehen Sie hin. Sie wartet auf Sie.«

Am 16. Jänner erschien in der *Neuen Freien Presse* ein Kommentar des Weltmeisters.

»Zwei Partien des Wettkampfes sind gespielt. Beide endeten mit Remis. Viele, mich nicht ausgenommen, hat dies überrascht. Folgendes ist dazu zu sagen:

Haffner hat einen ganz anderen Stil als meine Gegner der letzten fünfzehn Jahre. Steinitz, Marshall, Tarrasch und Janowski hatten einen Hang zur Initiative, der österreichische Vorkämpfer legt das Hauptgewicht auf die Sicherheit. Eine Unternehmung muß klaren und gewissen Erfolg versprechen, soll Haffner einwilligen, seine Kräfte von ihrer Basis zu entfernen. Selbst die Aussicht auf Gewinn kann ihn nicht verleiten. Haffner führt ein neues, durchaus zeitgemäßes Problem ein. Wie kann man jemanden schlagen, der den Verheißungen des Erfolges wie den Drohungen eines scheinbaren Angriffes mit derselben Kühle begegnet, zuallererst auf die eigene Sicherheit bedacht ist und dieses Ziel mit aller Wissenschaftlichkeit und, wenn es geboten ist, mit allem Scharf- und Spürsinn verfolgt? Die Antwort auf diese Frage ist zur Zeit noch unbekannt. Theoretisch allerdings läßt sich schon jetzt dies festlegen:

Wäre mit der Haffnerschen Strategie die Initiative am rechten Ort verbunden, so wäre der vollkommene Stil erreicht, und Haffner wäre unbezwingbar. Andererseits ist absolut fehlerlos zu sein keinem Sterblichen gegeben. Die Vorzüge der Schachspieler sind schließlich doch immer nur Annäherungen an das Ideal. Irgendwo hat jedermann eine Schwäche, vorzugsweise eine Schwäche der Furcht, des übertriebenen Mutes oder der ungenauen Beobachtung. Es wird meine Aufgabe sein, in den weiteren acht Partien des Wettkampfes den ersten Versuch zur Lösung des Problems Haffner zu machen.«

Man liest vom Stil der Schachspieler. Manche werden sich fragen, ob dies die zutreffende Bezeichnung ist. Vom Stil spricht man bei Malern und Dichtern, aber – bei Schachspielern? Nun, ein Schachmeister verwendet für jeden Zug so viel Kraft und Phantasie wie ein Dichter für jedes Wort jedes Satzes. Am Schachbrett sitzen einander zwei Stilrichtungen gegenüber, zwei Systeme, zwei Philosophien. Nach den Eröffnungszügen wählt der Meister einen Plan. Der Plan ergibt sich aus der Charakteristik der entstandenen Stellung. Von seinem Plan weicht der Meister nur ab, wenn der Gegner seinerseits die Stellung entscheidend verändert. Der eine besitzt hervorragende Fähigkeiten darin, kleine Vorteile zu sammeln, zu verdichten und die Partie so für sich zu entscheiden. Der andere ist in der Lage, Kombinationen weiter und tiefer zu berechnen. Dieser zeichnet sich durch besonders angriffslustiges Spiel aus, jener läßt den Gegner anrennen. Jeder wahre Meister hat seinen Stil. Ein Musiker erfindet sein Lied nicht, er komponiert es. Ein Dichter schreibt sein Buch nicht einfach, er fügt darin eins zum anderen. Und ein großer Schachmeister spielt seine Partien nicht. Er baut sie.

Von diesem Standpunkt aus weist das Schachspiel durchaus künstlerische Elemente auf. Zum Leidwesen des Schachkünstlers sind an der Erschaffung eines Schachkunstwerkes – wenn man es denn so nennen darf – zwei Personen beteiligt. Es gibt Schachmeister, die über einen schlecht spielenden Gegner in Wut geraten.

Die Schönheit einer vollendet komponierten Schachpartie zu empfinden ist freilich nur wenigen gegeben. Ein gewöhnlicher Spieler begreift meist gar nicht, wieso ein Meister einen anderen geschlagen hat. Wären die Fehler von Meistern Lebewesen, könnte man sie nur unter einem Mikroskop betrachten. Und für die Fehler der größten Meister reichte die Technik gar nicht mehr aus. In einer Generation von großen Meistern gibt es einen, höchstens zwei, die in einer Stellung auf einen Blick sehen, was die anderen großen Meister in einem Monat nicht entdecken. Das sind die Weltmeister. Es sind unheimliche, meist eng spezialisierte Gehirne. Weltmeisterliches Schach zu spielen heißt, schier unendlich tief in einen Mikrokosmos vorzudringen und dennoch den Überblick über das Ganze, das Große zu behalten.

Nicht einmal seine Höflichkeit hat Carl daran gehindert, den Rest des Abends nicht mit Anna, sondern über der Analyse der ersten Wettkampfpartie zu verbringen. Mit Anna hat er sich für den Tag nach der dritten Partie verabredet. In dieser Partie ereignet sich nichts Aufregendes, sie endet ebenfalls unentschieden. Aber bald soll Lasker feststellen, daß dieser Haffner noch viel problematischer ist, als es sich der Weltmeister auch nur hätte träumen lassen.

4

Wenn an der alten Schule der Lehrer krank geworden war, hatte ein anderer den Unterricht gehalten. An diesem Tag stellte Carl fest, daß dies an der neuen Schule anders gehandhabt wurde. Die letzten beiden Stunden fielen wegen der Erkrankung eines Lehrers aus. Die Schüler durften nach Hause gehen.

Gewöhnlich stand Carls Mutter am Schultor. Als Carl heute in seiner dünnen Jacke hinaus in das erste Schneetreiben des Jahres stapfte, war sie natürlich nicht da. Carl ging eine Weile auf und ab und hielt nach ihr Ausschau. Er war unschlüssig: Sollte er am Eingang warten oder den Weg alleine wagen? Noch ehe er sich entschieden hatte, tänzelten ein paar seiner neuen Klassenkameraden vorüber.

»Was ist denn das? Hat der Lehrer seine Mutter angesteckt?«

Der stämmige, breitschultrige Franz, der in der Klasse das Wort führte, warf sich vor Carl in die Brust. »Carl heißt du, ja? Du mußt mit uns kommen. Dann kannst du zu Hause deinem Vater zeigen, was für Sachen du in der Schule lernst.«

Alles lachte. »Laß den faden Kerl«, rief einer.

Franz nahm Carl an der Hand. Der zog seine Hand zurück, griff jedoch nach seiner Tasche und schloß sich der Gruppe an.

Auf den ersten Metern überlegte er, ob dieser Ausflug – denn sie gingen in die Carls Heim entgegengesetzte Richtung – erlaubt war. Die Neugier zähmte seine Bedenken. Überdies freute er sich, daß er nicht wie in der Klasse zum Ziel derber Hänseleien gemacht wurde und auch von Schneebällen verschont blieb. Alle drängten sich um Franz, um das Ziel ihres Marsches zu erfahren, und blieben gehorsam stehen, als er die Hand wie ein Zugführer bei der Parade erhob. Mit verschwörerischer Miene bedeutete er ihnen, sie sollten sich ruhig verhalten. Er lief über die Straße und verschwand in einem prächtigen neuen Haus.

»Das gehört seinem Vater«, sagte einer halblaut.

»Stimmt nicht! Sein Vater ist der Hausmeister! Mein Vater kennt die Familie, er hat's beim Essen erzählt!«

»Wenn ich dir sage, daß sein Vater reich ist! Er hat viele solche Häuser. Ich bin schon dagewesen, sein Vater ist ein feiner Mann! Er hat mir seine Taschenuhr gezeigt. Da ist Franz schon wieder!«

Carl kannte dieses Stadtviertel nicht. Er prägte sich jedes Haus, jeden Baum ein, um später den Weg zurück zu wissen. Durch eine Seitengasse ging es über unbebauten Grund in einen Beserlpark. An einer besonders uneinsehbaren Stelle hinter schneebedeckten Sträuchern hielten sie. Zunächst vergewisserte sich Franz, ob es nicht trotz des miserablen Wetters einen Spaziergänger in den Park verschlagen hatte. Sein Blick glitt über die Gesichter der Buben. Franz nickte zufrieden, als hielt er alle für würdig, sein Geheimnis zu teilen. Er zog ein Päckchen aus der Tasche.

»Mach es nicht so spannend«, drängte einer. »Ist es ein Messer?«

Wortlos öffnete Franz das Päckchen. Zum Vorschein kamen – Zigarren. Es waren sieben Stück, für jeden eine.

»Zahalis«, raunte Franz.

»Keine schlechte Sorte.«

Carl spürte, wie ihm das Blut ins Gesicht stieg. Er wollte nicht rauchen. Sein Vater steckte sich im Haus zuweilen eine Zigarre an. Von ihrem Geruch wurde Carl übel. Aber jetzt gab es wohl keine Möglichkeit davonzukommen. Franz verteilte die braunen Rollen.

Als Carl an der Reihe war, seine Zigarre anzuzünden, schaffte er es nicht. »Ziehen mußt du, nicht blasen!« rief Franz. Carl zog ein paarmal an der Zigarre und stieß den Rauch gleich wieder aus. Es schmeckte gräßlich bitter.

»So ist es nicht richtig«, sagte einer der Buben. »Du mußt es in die Lunge ziehen.«

Carl versuchte es. Seine Zigarre fiel in den Schnee. Johlend sprangen die Buben zur Seite, als Carl sich übergab. Seine Knie knickten ein. Kaum war der Anfall vorbei, Carl stand auf zitternden Beinen aufrecht, da hatte einer ein bewährtes Mittel, wie er sagte, gegen Übelkeit parat. Er massierte Carls Nacken und Gesicht mit Schnee, bis der Beifall der anderen verebbt war. Carl fühlte nur noch den Wunsch, in seinem Bett zu liegen. Das Hemd klebte kalt an seinem Leib. Seine nasse, schwere Jacke war eine Last. Fast vergaß er seine Tasche, so drängte es ihn fortzukommen. Die anderen riefen ihm aufmunternde Bemerkungen nach. Der Schnee flockte immer dichter. Carl kniff die Augen zusammen. Nie zuvor hatte er so gefroren.

Zehn Jahre lang war Adalberts Verhältnis zu Maria wie das zu einer Schwester gewesen, die ohne viele Worte den gemeinsamen Haushalt führt. Eine unsagbare Leere hatte Adalbert wie einen einsamen Fremden auf die Donaubrücken getrieben. Adalbert rannte durch die Stadt, in der Haus um Haus gebaut wurde, die größer und unübersichtlicher und unverständlicher wurde – wie alles, was er sah. Aus allen Teilen der Monarchie strömten Menschen in die Stadt, durch die Adalbert alltäglich zog, in der er geigte, in der er immer öfter trank. Sein Leben, fand er, hatte so wenig Sinn wie das eines Tieres oder das des Kaisers. Das war sein Schmerz.

In den letzten Monaten wurden die Stunden, die Adalbert zu Hause zubrachte, noch seltener. Morgens floh er aus seinem Bett, als hätte man ihn gezwungen, in einem Sarg zu schlafen. Beim Frühstück starrte er in die Luft und trommelte mit den Fingern gegen sein Wasserglas. Er war kaum mehr imstande, seiner Frau Herzlichkeit entgegenzubringen.

Dann hatte er sich verliebt.

Adalbert schrak aus dem Schlaf. Beim Anblick Marias, die den Kopf über ihre Näharbeit senkte, empfand er ein Augenzwinkern lang wieder jene seltsame, gleichgültige Wärme, mit der er sie vor dem Zubettgehen betrachtet hatte. Er sprang hinter ihren Wandschirm, warf eilig seine Kleider über, zog Rock und Schuhe an. Als er von der Toilette – ein übelriechendes, finsteres Loch auf dem Gang – zurückkehrte, sagte Maria: »Man möchte meinen, das Bett brennt.«

Er setzte sich ihr gegenüber an den Tisch. Sein Kopf schmerzte nicht, weil er sich an den Alkohol gewöhnt hatte. Das Ziehen hinter der Stirn, die Benommenheit bemerkte Adalbert gar nicht mehr.

Auf seinem Teller lag eine kalte Kartoffel, daneben stand der Wasserkrug. Eine Weile horchte Adalbert auf das Pferdegetrappel vor dem Fenster. Er summte bemüht fröhlich einen Gassenhauer. Um die Harmlosigkeit des vergangenen Abends zu bekräftigen, begann er Maria von einer Unterhaltung zu erzählen, die er im Gasthaus zum Hirschen mit Samuel Gold geführt haben wollte. Samuel Gold, ein Buchhändler und Journalist, hatte das Gasthaus niemals betreten. Aber Maria war einmal dazugekommen, als Adalbert vor dem Lokal kurz mit Gold geplaudert hatte. Er entsann sich, daß Gold von der Leitung einer Schachkolumne in der Zeitung geschwärmt hatte, die ihm übertragen worden war.

»Gold schreibt jetzt in der Zeitung über Schach«, sagte Adalbert. »Du hättest ihn sehen müssen. Er war ganz aufgeregt. Den ganzen Abend sprach er über Schachprobleme. So nennt er Stellungen, die er selbst erfindet – das wiederum heißt bei ihm ›komponieren‹. In diesen Stellungen gibt es eine zwingende Abfolge von Zügen, mit denen eine Partei die andere auf angeblich besonders schöne Weise vernichtet.« Adalbert nahm einen großen Schluck Wasser und knurrte. »Weiß der Himmel, was daran schön sein soll.«

Er hob den Kopf und sah Maria in die Augen. Sie weinte.

Sie steckte die Nähnadel in den Polster. »Du hast ein geschwollenes Gesicht«, schluchzte sie. »Wie die Kerle, die tags und nachts auf der Straße liegen. Dir fällt nicht auf, daß du einen gräßlichen Geruch verbreitest. Du schwitzt den Fusel heraus, du schwitzt Schnaps.«

Er konnte nichts erwidern. Dieser Ausbruch war ein Schlag. Er war wie eine Strafe, die man lange Zeit gefürchtet und schließlich nicht mehr erwartet hat. Adalbert starrte Maria an, die ihrerseits mit verkrampftem, weit geöffnetem Mund ihren leeren Blick nicht von Adalbert abwandte. Nach einer Weile legte sie den Kopf auf den Tisch.

Wie schütter ihr Haar doch schon geworden war, dachte Adalbert. Das löste seine Lähmung. Plötzlich quälte ihn das Gefühl, zerspringen zu müssen. Er schleuderte seinen Teller an die Wand, so daß die Scherben bis auf den Tisch regneten. Er sprang auf. Sein Blick fiel auf einen alten Schaukelstuhl, in dem er früher ab und zu Zeitung gelesen hatte. Ganz zu Anfang ihrer Ehe hatte Maria ihn von dem, was sie durch ihre Näharbeiten verdiente, für Adalbert gekauft. Adalbert nahm den Stuhl und zerschmetterte ihn am Türstock. Er spürte ein Würgen im Hals. Einem innigen Bedürfnis nachgebend, umfaßte er den Türstock mit den Händen und stieß den Kopf gegen die Tür. Zweimal, dreimal, wieder und wieder. Er schloß die Augen.

Maria hatte der Zerstörung des Stuhles zugesehen, ohne sich vor den umherfliegenden Trümmern in Sicherheit zu bringen. Ausdruckslos saß sie da, ihre Näharbeit noch immer auf dem Schoß. Sie weinte nicht mehr. Als Adalbert begann, den Kopf gegen die Tür zu rammen, warf sie die Nähsachen von sich. Mit zwei Schritten war sie bei ihm. Sie packte seinen Hosenbund und bemühte sich, ihn daran zurückzureißen. Adalbert krallte die Hände fester in den Türstock und stieß weiter. Laß mich, dachte er. Geh weg. Laß mich. Laß mich in Frieden. In seiner Raserei bemerkte Adalbert nicht gleich, daß sein Kopf ins Leere fuhr. Er öffnete die Augen.

Die Türschnalle noch in der Hand, starrte Carl auf die blutige Stirn des Vaters. Er begriff nicht, was er sah. Die Mutter, die den Vater von hinten umschlossen hielt, den Vater mit dem Blut am Kopf, beide an der Tür. Carl war zu schwach, um etwas zu verstehen. Er begann zu weinen.

Auch Adalbert hatte alle Mühe, den Zusammenhang zwischen sich selbst, seiner Lage, und seinem totenbleichen, durchnäßten Sohn an der Schwelle zu erkennen. Wo kam der Bub her, jetzt? Wie hatte er sich so zugerichtet? Und Maria, Leopoldine! ... Verwirrt tätschelte Adalbert Carl den Kopf. Maria löste ihren Griff. Adalbert setzte in kurzem Entschluß über die Treppe nach oben, weg von der verfluchten Wohnung, weg von den beiden, hinaus auf die Straße.

Nach einer Sekunde der Ratlosigkeit hatte Maria sich gefaßt. Dem flüchtenden Adalbert widmete sie keinen Gedanken. Flugs packte sie Carl, zog ihn aus und wickelte ihn in eine Decke. Das heiße Bad, das sie dem Buben bereitete, kostete sie gut die Hälfte ihres Kohlenvorrates.

Carl wartete erst gar nicht auf Fragen. Von seinem Unglück und der Kälte geschüttelt, erzählte er sein Abenteuer. Nichts ließ er aus, nicht die Zigarre, nicht das Würgen. Zu seinem Erstaunen schimpfte die Mutter nicht. Sie hatte Mitleid mit ihm, versprach, daß er morgen nicht in die Schule mußte und daß er bald gesund war.

Leise fragte Carl, was sie und der Vater zuvor an der Tür gemacht hatten. Ob sein Vater sich weh getan hatte. Maria ordnete ihr Haar. Sie kniete neben Carls Stuhl nieder und kitzelte den Buben zwischen den Rippen. »Du kennst doch die Geschichte vom kleinen Hans-guck-in-die-Luft?!« sagte sie. »Dein Vater, das ist auch so ein Hans-guck-in-die-Luft. Er sieht nach links und rechts, nach oben und nach unten, und so läuft er gegen eine Tür, die noch geschlossen ist, und schlägt sich den Kopf an.«

Adalbert stapfte durch den Schnee, zuweilen einem unsichtbaren Widersacher die Faust entgegenreckend. Indem er in die Wohnung zurückgehastet war, hatte er sich selbst verleugnet. Ein Reueteufel gab ihm ein, er mußte nach Carls Befinden sehen. Der Bub war ja in elendem Zustand nach Hause gekommen. Maria! Gut konnte sie Carl allein zu Bett bringen, Adalbert brauchte sich nicht zu sorgen. Wie einen Bittsteller hatte sie ihn abgefertigt!

Sein Mißmut schwand, als er sich vor dem Gasthaus zum Hirschen den Schnee vom Rock klopfte. Es war, als betrat er eine bessere Welt. Er stellte sich an die Schank und ließ sich Kaffee und einen doppelten Obstler bringen. Die Wirtin fragte ihn nach dem Blut an seiner Stirn. Er wechselte ein paar belanglose Scherzworte mit ihr. Er vertiefte sich in eine Zeitung. Wenn das Türglöckchen klingelte, schlug Adalberts Herz hart. Er drehte den Kopf, ob es Leopoldine war. Selbst die Galgengesichter von befreundeten Trinkern enttäuschten ihn.

Adalbert brachte Stunden damit zu, mit der Wirtin und einem Gast Stoß zu spielen. Er gewann ein wenig Geld, beim Stoß gewann er immer. Er trank einen Obstler um den anderen. Bis in die Nacht hinein. Als die Fensterläden längst geschlossen, die Tür versperrt, er der einzige Gast im Zimmer war, hoffte er noch, daß Leopoldine ihn seinen letzten Schnaps nicht allein trinken ließ. Schließlich bat er die Wirtin, seine Zeche anzuschreiben, und wankte hinaus in die Kälte.

Auf diese Weise verlebte Adalbert einige Tage der Woche. Er wartete unbeirrbar auf Leopoldine und trank sich dabei an. Kam sie nicht, breitete er seinen Kummer vor der Wirtin aus. Nur Freitag und Samstag boten dazu keinen Anlaß – im Gegenteil, es waren Feiertage für Adalbert. An diesen Tagen half Leopoldine der Wirtin im Lokal. Die Wirtin und Leopoldine standen einander nahe, ohne darüber zu reden. Die Wirtin beschirmte die verwickelte Liebe zwischen Leopoldine und Adalbert, der das Gasthaus zugleich Mittelpunkt und Zuflucht war. Freitags und samstags sowie an den seltenen Abenden, da Leopoldine sich für Adalbert freimachen konnte, hatte die Wirtin nichts dagegen, die beiden im Gastzimmer allein zurückzulassen.

Als Gast, als Trinker also hatte Adalbert Leopoldine kennengelernt. Er verliebte sich nicht gleich in das junge Mädchen. Er wußte, daß es einen Geliebten hatte. Mit dem, einem Arbeiter mit Namen Gustl, war er hin und wieder beim Stoß zusammengesessen, noch ehe Leopoldine im Gasthaus zum Hirschen auszuschenken begann. Im ersten Monat ihrer Anstellung war sie für Adalbert nicht mehr als ein nettes Serviermädel. Im zweiten Monat tratschten sie über die Schank hinweg über dies und jenes. Da freute ihn ihr herzliches, ungezwungenes Wesen. Im dritten Monat sah er, daß sie schön war, übermenschlich schön. Ihre Züge spiegelten ihr Inneres wider. Mit einem Schlag fühlte Adalbert sich frei und lebendig. Es kamen ausgelassene Abende, an denen Leopoldine bei den Schnäpsen nicht zurückblieb und Adalbert die späten Gäste mit Witz und Laune unterhielt.

In einer dieser Nächte zog Leopoldine Adalbert zurück in die Küche, wo sie vor den Blicken der feiernden Stammgäste geschützt waren. Ein Stamperl Obstler hatte sie mitgenommen. »Weißt du, was ich damit am liebsten tun würde?« fragte sie unumwunden.

Adalbert konnte nicht sprechen. Er wußte, daß gleich etwas Großartiges geschah.

Leopoldine faßte ihn und krümmte seine Finger, so daß seine Hand eine Schale formte. In diese Schale füllte sie den Obstler. Sie beugte den Kopf und trank den Schnaps aus seiner Hand. Seine Haut trocknete sie mit den Lippen. Sie richtete sich wieder auf und sah Adalbert offen in die Augen. Sie küßte ihn. Adalbert glaubte den Verstand zu verlieren.

In diesem Moment offenbarte sich ihm die Welt, die zu erfassen, die in sich aufzunehmen er sich sein Lebtag gesehnt hatte, als ein bedeutungsloses Theaterstück. Wahrheit und Echtheit, die er gesucht hatte, las er im Blick dieses Mädchens, das kaum älter als zwanzig Jahre war. Das war die wirklichste Sekunde seines Lebens.

Carl lag zwanzig Tage mit Lungenentzündung im Bett. Das Geld für den Arzt mußte Maria sich von Liesl leihen. Nachmittags fand Liesl Zeit, sich um Carl zu kümmern. Da schlief Maria einige Stunden. Nachts wachte sie bei Carl. Sie bemühte sich, ihre Angst um den Buben durch ihre Näharbeiten zu verdrängen. Wenn Adalbert frühmorgens in die Wohnung polterte, bat sie ihn matt, keinen Lärm zu machen. »Wie geht es Carl?« brummte er. Er öffnete die Tür zur Kammer und starrte eine Weile in den dunklen Raum, um sich mit einem Kopfschütteln abzuwenden. Ohne noch ein Wort an Maria zu richten, legte er sich schlafen. Maria dankte allen Heiligen, daß Carl nicht aufgewacht war. Nur Ruhe verlangte sie von Adalbert in diesen Tagen. Sollte er sonst tun und lassen, wonach ihm der Sinn stand.

Eines Tages erklärte der Arzt, der Bub sei genesen. Ob seine Entwicklung Schaden genommen hatte, werde sich allerdings erst erweisen.

Leopoldine schwor, daß sie Adalbert liebte. Doch im nächsten Satz erklärte sie, daß es ein Fehler war, einander noch einmal zu sehen. Sie ging seit Jahren mit Gustl. Sie konnte sich von ihm nicht trennen.

Dagegen war Adalbert bereit, Maria und Carl auf der Stelle zu verlassen. Er verstand Leopoldines Haltung nicht. Wenn sie Adalbert liebte, wieso war sie dann außerstande, sich von Gustl zu lösen? Der kam zuweilen in einer schäbigen Arbeitstracht in das Gasthaus und nahm ahnungslos neben Adalbert an der Schank Platz. Die Vertrautheit zwischen den beiden grämte Adalbert. Er wunderte sich, wie gut Leopoldine sich verstellen konnte.

An manchen Tagen betrachtete Adalbert Gustl aus schnapsfeuchten Augen und erkannte, daß Leopoldine den Arbeiter lieben mußte. Gustl war jung. Er war stämmig. Er lachte oft und zeigte seine weißen Zähne, er war zu allen Menschen freundlich und schien niemals bedrückt. Was war Adalbert? Ein häßliches, alterndes Tier.

Ein andermal fühlte Adalbert sich obenauf. Genau sah er, woran es Gustls Wesen fehlte, wo der Arbeiter der tiefsinnigen Leopoldine nicht bieten konnte, was Adalbert für sie bereithielt. Gustl war seicht. Nichts Aufregendes, nichts Außergewöhnliches trug er in sich. Er war Adalbert nicht gewachsen. Adalbert mußte um Leopoldine kämpfen, er mußte sie diesem Mann abringen, um jeden Einsatz, um alles in der Welt!

Zwar spürte Adalbert sein Herz im Bauch schlagen, wenn der Arbeiter in schmutzzerrissenen Schuhen müde lächelnd in das Gasthaus schlurfte. Doch nun war ihm der Besuch des Gegners nicht mehr ganz unrecht. In allen Belangen bemühte er sich um eine Auseinandersetzung mit Gustl. Adalbert schätzte es, unter Leopoldines Augen dem Arbeiter beim Stoß einen halben Monatslohn abzuspielen, um dann auf den Gewinn zu verzichten. Sogar auf körperlichen Wettstreit ließ Adalbert sich ein. Das Armdrücken stand im Gasthaus zum Hirschen hoch im Kurs. Gewöhnlich beteiligte Adalbert sich daran nicht. Aber an einem Abend, an dem auch Gustl ausnahmsweise zuviel getrunken hatte, forderte Adalbert ihn heraus. Er wollte gewinnen, er mußte gewinnen! Und er – gewann, nicht ohne Gustls Niederlage liebenswürdig dem Arbeitstag zuzuschreiben.

Besonders strebte Adalbert nach einem Gespräch mit Gustl an der Schank. Meist nahm Leopoldine, während sie Bier und Schnaps in Gläser füllte, an der Unterhaltung teil. Adalberts Ohr entging es nicht, wenn ihre Meinung der des Arbeiters ein wenig widersprach. Ganz unmerklich bestärkte Adalbert das Mädchen in seinen Anschauungen über den Kaiser, über Reichtum, Glück und Moral. Schritt um Schritt führte er Leopoldines unfertige Gedanken weiter, bis sie nickte, daß eben dies ihre Ansicht war. Wen verwunderte es da, daß Gustl wiederholt vor der Sperrstunde nach Hause ging, ohne auf Leopoldine zu warten. Er war arglos. Er glaubte an Leopoldines Treue wie der frommste Mensch an das Sein Gottes.

Wirklich hatte Adalbert Leopoldine noch nicht bekommen. Sie berührten und küßten einander, doch die letzte Zurückhaltung konnte Leopoldine auf den Bänken der rauchigen Gaststube nicht aufgeben. Adalbert beteuerte, daß man seine Empfindungen nicht verleugnen durfte. Außerdem wurde man mit Küssen allein nicht untreu. Leopoldine teilte diese Auffassung nicht. Obgleich ihr Gustl wie ein Bruder war, der sie als Frau nicht mehr besitzen durfte, quälte ihr Gewissen sie mehr und mehr. Adalbert dagegen fühlte sich Maria gegenüber frei von Schuld. »Ich liebe dich«, sagte er Leopoldine. »Die Liebe heiligt alles. Man versündigt sich an ihr, wenn man sie unterdrückt.«

Adalbert formte Leopoldines Gedanken und sprach sie aus. Aber deshalb sah sie in ihm nicht den Menschen, der ihre Seele erkannte. Es verhielt sich umgekehrt. Maria hatte Adalbert Sicherheit gegeben und war ihm doch stets fremd geblieben. An Leopoldine nahm er etwas Wesenhaftes wahr, das ihm tief vertraut schien. Sie allein verstand seine Sprache. In ihren Augen lockte etwas Schillerndes, Unergründliches, vor dem er mit Freude nackt bestand.

In einer Samstagnacht hatten sie Tische zusammengerückt, um darauf zu liegen. Adalbert war noch betrunkener als sonst. Sein Blick war trüb, er meinte zu schielen. Leopoldine hatte ebenso zuviel getrunken. Mit schwerer Zunge klagte sie, wie verwickelt ihre Lage war.

»Es ist doch alles klar«, sagte Adalbert zum hundertstenmal. »Du wirst Gustl verlassen, wir werden Kinder haben ... «

»Schnapsgläser werde ich gebären!« rief Leopoldine. »Bertl, gar nichts ist klar, nein!« Sie löste sich von ihm und sprang vom Tisch. Unter ihren Schuhen knirschten Sägespäne. Wenn ein Gast sich übergab, pflegte die Wirtin mit einem Eimer voll Spänen anzukommen, um die Bescherung vergessen zu machen.

Leopoldine füllte an der Schank zwei Gläser. Ihr Ausbruch bedrückte Adalbert ein wenig. Doch er hörte längst nicht mehr so sehr darauf, was sie sagte, sondern wie sie es sagte. Und wenn er mit Leopoldine allein über das Gastzimmer herrschte, in dem auf Tischen und auf der Schank Kerzen flackerten, ergriff ihn das einzigartige Gefühl, der Mittelpunkt der Welt zu sein.

Leopoldine verschwand in der Küche. Als Adalbert schon vom Tisch klettern wollte, trat sie zurück ins Zimmer. Sein Herz rumpelte, so daß er ein Augenzwinkern lang um sein Leben bangte. Leopoldine war nackt. Verschiedene Gedanken drängten sich in Adalberts Kopf – sie wollte ihm ganz angehören, sie spielte Theater, sie war verrückt geworden.

Leopoldine brachte die zwei Stamperln Obstler an den Tisch. Adalbert wagte nicht zu fragen, was sie vorhatte. »Muß auch ich mich ausziehen?« scherzte er verlegen. In ihrer Hand erblickte er ein Stück Papier, in das etwas eingewickelt zu sein schien. Leopoldine entfaltete es. Zum Vorschein kam eine kleine Menge weißes Pulver, vielleicht eine Messerspitze voll. Eine Prise davon rieb sie in eines der Schnapsgläser und schwenkte es. Mit dem zweiten tat sie es gleich.

»Gift?«

Gift!

Beim Kartenspiel gab es einen Moment, in dem Adalbert sich zum Hasard entschloß. Dann dachte er nicht weiter über seine Entscheidung nach, sondern führte sie blind aus. Als nun ihre Blicke einander trafen, sah Adalbert, daß es eine Posse war. Er würde diesen Trunk überleben. Sie wollte ihn auf die Probe stellen.

Er nahm sein Glas und stieß mit Leopoldine an. Das Gebräu schmeckte nicht allzu ungewöhnlich, wahrscheinlich war Salz darin. Nach einem langen Kuß ließ

Adalbert sich nach hinten fallen und verschränkte die Arme hinter dem Kopf. Leopoldine legte sich zu ihm.

»Ich wünsche dir einen Traum, in dem du fliegen kannst«, flüsterte sie. »Du bist im Traum noch nie geflogen, nicht wahr? Du sollst fliegen können in deinem Traum. Alles soll leicht sein. Und bunt. Ganz frei wirst du sein und die Welt von oben sehen. Ich bin auch da. Vor dir fliege ich, hinter dir. Neben dir. Wir können uns an den Händen fassen und über Kirchen und Wiesen fliegen. Die Sonne ist weich und warm. Keine Angst. Fliegen. Wir sind allein. Alles ist so weit, so weit. Einfach ...«

»Ich fliege. Ich sehe eine Landschaft, in der einsam ein Haus steht. Es ist unser Haus. Aus dem Kamin steigt Rauch. Wir haben genug Holz und brauchen nicht zu frieren, wenn wir von unserem Flug zurückkehren. Hinter dem Haus ist ein Pferdestall.«

»Siehst du die Schafe? Ein kleines Mädchen hütet sie. Unser Mädchen. Es ist auch nicht Winter, wir müssen nicht heizen. Es ist Sommer. Überall wachsen Blumen.«

Adalbert hielt die Augen geschlossen. Er hatte das Gefühl, sich zu drehen und gleichzeitig zu fallen. Er fürchtete, ihm konnte übel werden. Wie müde er war! Er drückte Leopoldine an sich und atmete ihren Duft ein. Die Bilder, die er sah, wurden immer verworrener. Leopoldines Stimme raschelte zart wie Laub im Wind.

Nach seiner Krankheit ängstigte Carl sich vor nichts so sehr wie vor dem Krieg. In der Schule hatte er von den Schlachten des Kaisers gegen die Preußen gehört, und wie viele Männer dabei gestorben waren. Carl zitterte davor, daß erneut jemand den Kaiser beleidigte. Dann mußte womöglich der Vater fort, um zu kämpfen. Wer konnte versprechen, daß er wieder zurückkam? Die Offiziere hingegen hatten es im Krieg gut. Nur wenige von ihnen wurden verwundet oder getötet. Je mehr ein Offizier vom Krieg verstand, desto höher war sein Rang. So einem Mann oblag die Aufgabe, das Heer von hinten zu führen. Er war für den Kampf besonders wertvoll und mußte sich deshalb an besser geschützten Orten aufhalten.

Carl hatte seinem Vater die Vorzüge des Heerführerseins dargelegt. Er fragte ihn, warum er nicht Offizier wurde. »Offizier?« hatte der Vater böse gelacht. »Der Krieg bleibt mir auf jeden Fall erspart. Wenn sie mich einziehen wollen, schieße ich mir den Fuß weg, und gute Nacht! Wer braucht einen Invaliden bei der Sturmattacke?«

Carl mochte sich den Vater ohne Fuß nicht vorstellen. Und was war mit ihm selbst, mit Carl, wenn er einmal groß war und es gab Krieg? Er würde es nicht fertigbringen, sich den Fuß abzuschießen. Sterben wollte er auch nicht. Es blieb nur ein Ausweg. Er mußte Offizier werden. Und bis er dazu alt genug war, mußte er das Schlachtenlenken üben, um es schließlich so gut zu können, daß man ihn beschützen mußte wie sonst nur den Kaiser!

Auf welche Weise sollte er das Kriegführen üben? Diese Entscheidung fiel ihm leicht. In der Schule spielte Carl mit Hingabe Schach. Was war Schach denn anderes als Kriegsspiel? Man führte die eigene Armee gegen eine andere. Ziel des Spiels war es, den gegnerischen König matt zu setzen, also zu besiegen. Die übrigen Figuren, Bauern, Läufer, Springer, Türme, ja sogar die Königin, dienten allein dazu, den eigenen König zu verteidigen und den anderen anzugreifen, waren aber selbst nichts wert – genau wie im wirklichen Krieg die gewöhnlichen Soldaten. Und Carl war der Dirigent mit dem Fernglas.

Nun widmete Carl all seinen Ehrgeiz diesem Spiel, das ihn auch abseits der Aussicht auf den Generalsrang fesselte. Die Regeln hatte sein Vater ihn gelehrt. Sie spielten jedoch nur an einem Nachmittag miteinander, weil der Vater immer seltener Hauskleider anzog. Erst in der neuen Schule fand Carl andere Schachspieler. Sofort war Schach mehr als bloßer Zeitvertreib. Gewiß bereitete ihm das Spiel selbst großes Vergnügen, aber am erbauendsten war das Gefühl am Ende der Partie, wenn der andere ihn nicht hatte schlagen können. Freilich hatte niemand in der Schule ein Schachspiel dabei. Carl war es verboten, Brett und Figuren seines Vaters außer Haus zu schaffen. Er und sein Gegner – zumeist Franz – behalfen sich damit, ein Schachspiel aufzuzeichnen. Machte man einen Zug, so radierte man die betreffende Figur aus und zeichnete sie auf dem gewünschten Feld neu. Carl verbrachte fast alle Stunden in der Klasse mit diesem Bleistiftschach. Dem Vortrag des Lehrers konnte er überhaupt kein Interesse abgewinnen. Bald genügte es ihm nicht mehr, mit einem Gegner zu spielen. Alle mit einem Blatt Papier erreichbaren Spieler der Klasse mußten sich Carl stellen. Zuweilen kämpfte er auf diese Weise sechs oder acht Partien gleichzeitig aus.

Carl hatte Franz gern. Ihm verdankte er, daß die anderen nicht mehr auf ihn losgingen. Seit ihre Bänke nebeneinander standen, galt Carls Meinung im Beisein von Franz sogar mehr als die manch anderer. Carl begriff nicht recht, weshalb Franz ihn zum Freund gewählt hatte. Zwar glaubte er, daß Franz ihn mochte. Aber an dieser Zuneigung war etwas Seltsames, etwas, wovor Carl zurückschreckte. Einmal war Franz liebenswürdig, ein andermal grob. Doch nicht die wechselhafte Art seines Freundes stieß Carl vor den Kopf. Gerade die Wärme, die Franz ihm entgegenbrachte, verwirrte Carl. Etwas daran berührte ihn tief. Im Grunde hatte es wohl weniger mit Franz als mit ihm selbst zu tun. Vor diesem Gefühl stand Carl ratlos. Es zwang ihn sogar, alle Einladungen, mit denen Franz einen Nachmittag beim Schach in seinem Haus versprach, auszuschlagen. Für die Nachmittage mußte er sich andere Schachpartner suchen.

Als Carl an einem der frostklirrenden Tage jenes Dezembers mit der Mutter von der Schule kam, hatte der Vater das Haus noch nicht verlassen. Zum Ausgehen fertig angezogen, ungekämmt und nicht rasiert, blies er Rauchringe aus seiner Zigarette über den Frühstückstisch. Carl brachte seine Bitte vor.

»Schach spielen willst du? Aber gern. Leider habe ich jetzt keine Zeit.«

Und schon hatte der Vater die Tür hinter sich geschlossen.

Davon ließ Carl sich nicht entmutigen. Die Gier nach Schach gab ihm einen kühnen Gedanken ein. Neben der Wasserschüssel stellte er Schachbrett und Figuren auf und eröffnete die Partie mit dem Doppelschritt des Königsbauern. Er legte einen Zettel hinzu: »Bitte einen Gegenzug. Danke. Freundlichst Carl.« Maria murrte, daß sein Vater keineswegs bei diesem Unfug mittat. Carl mochte nur rasch das Brett verschwinden lassen, sonst sorgte sie dafür, daß es wegkam. Carl blieb starrköpfig. »Hier ist es doch nicht im Weg«, bettelte er. »Lassen wir es stehen! Wenn Vater spielen will, ist es gut, wenn nicht, packe ich es wieder ein. Ich verspreche es.«

In dieser Nacht starrte Carl lange ins Dunkle. Ab und zu zwickte er sich, um nicht einzuschlafen und die Rückkehr des Vaters zu versäumen. Am Morgen weckte ihn die Mutter. Seine Decke flog durchs Zimmer. Er hüpfte aus dem Bett, ohne wie sonst über die Kälte zu jammern. Die Tür riß er auf, so daß sie gegen die Mauer krachte. Die Decke des Vaters dämpfte dessen Schnarchen. Barfuß sprang Carl über den eisigen Boden zum Waschtisch. Der Zug – war ausgeführt! Der Vater hatte auch seinen Königsbauern zur Mitte geschoben.

»Er hat gezogen! Er spielt mit!« rief Carl halblaut. Ohne Zögern schickte er seine Dame aus, um dem Vater eine Falle zu stellen. Dann wandte er sich dem Bett zu.

Der Vater lag zusammengekauert, die Tuchent ließ nur sein schütteres Haar frei. Dieser Anblick bewegte Carl in seinem Innersten. Der Vater spielte mit ihm! Da schlief er, von der Arbeit erschöpft, vielleicht betrunken, vielleicht nicht. Sein armer, müder Kopf, sein armes Haar!

Carl streckte die Hand aus – und zog sie wieder zurück, als er den Blick seiner Mutter bemerkte. Er wartete, bis sie wegsah, aus einer ungewissen Scham, sein Gefühl zu zeigen. Dann strich er dem Vater über den Kopf. Er rieb sich die Augen. Für diesen Aufruhr in sich fand er keine Erklärung.

Auf diese Weise spielten Carl und Adalbert also miteinander Schach. Adalbert fiel nicht auf das Schäfermatt hinein. Er hob spätnachts den Kopf aus der Wasserschüssel und machte seinen Zug. Carl brauchte von Maria nicht mehr geweckt zu werden. Wenn sie die Augen aufschlug, stand Carl in Hemd und Hose am Waschtisch und studierte die Partie. Beide, Adalbert und Carl, waren keine Künstler am Brett. Gerade durch ihre Schnitzer zog sich das Spiel über Wochen hin. Dieses Nachtschach – es kam nie vor, daß Adalbert bereits zu Mittag Carls Zug erwiderte – hatte nicht für beide die gleiche Bedeutsamkeit. Adalbert lächelte über den besessenen Carl, wie man über einen Hund lacht, der vom Apportieren nicht genug bekommen kann. Auf der anderen Seite opferte Carl seinen Schlaf, um in der Stellung versinken zu können.

Carl war ein blasses und stilles, nicht leicht zugängliches Kind. Aber die Freudlosigkeit überwog nicht in seinem Wesen. Er konnte stundenlang im Gras liegen und zufrieden einen Baum betrachten. An den wenigen Tagen, an denen Maria ihn fortließ, traf Carl auf der Gasse mit einigen jüngeren Kindern zusammen. Mit ihnen spielte er Verstecken oder »Der Kaiser schickt Soldaten aus« und vergaß dabei manchmal sogar den Auftrag seiner Mutter, zur Dämmerung zurück zu sein. Im Sommer schenkte ihm die Bewegung seiner bloßen

Füße auf der Erde jenes innere Gleichgewicht, das man mit acht oder zwölf Jahren nicht als etwas Vergängliches wahrnimmt und für selbstverständlich hält. Doch da er zu schwach war, um mit den Kindern seines Alters körperlich mithalten zu können, verwandte er seine Kraft für die Entwicklung seines Geistes. Er hatte ja nichts anderes zu tun. Carl war nicht trübsinnig, er dachte nur mehr als andere.

Unter den Kindern, mit denen Carl auf der Straße spielte, war das jüngste ein derber, struppiger Bub, dem unentwegt Rotz aus der Nase lief. Gab es auf gefährlichem Boden etwas zu erkunden, wurde Robert ausgeschickt. Niedere Botendienste zu erledigen oder seiner Mutter Zuckerlgeld für alle abzuflehen, das waren seine Aufgaben. Galt es jemandem einen Streich zu spielen, bei dem man leicht selbst zu Schaden kommen konnte, fiel die Wahl auf Robert. Die anderen standen in einiger Entfernung und sahen lachend zu, wie Robert etwa die Pferde aus einer Kutsche spannte und davontrieb oder aber von der Peitsche des aufmerksamen Fiakers erwischt wurde. In dieser Rolle gefiel Robert sich nicht schlecht. Durch seine Verwegenheit stand er oft im Mittelpunkt, wenngleich dies in den meisten Fällen ein zweifelhaftes Vergnügen war. Aber man konnte ihn nicht gut von den angenehmeren Unterhaltungen ausschließen. Es war immer möglich, daß er gebraucht wurde.

Eines Nachmittags im vergangenen Sommer waren Carl und die anderen in einer Wiese gelegen und hatten nicht gewußt, was sie nun beginnen sollten. Einer verfiel auf die Idee, Robert zu außergewöhnlichen Taten anzustacheln. »Wetten, daß du es nicht wagst...« war bei Robert eine Zauberformel. Wetten, daß Robert es nicht wagte, eine Wäscheleine durchzuschneiden? Ganz bestimmt traute er sich nicht, zu einem bissigen Schäferhund in den Zwinger zu springen!

Robert bestand alle Mutproben ohne Aufschub. Er weinte vor Wut, als immer wieder jemand behauptete, für das und jenes sei der Kleine zu feige. Robert machte alles. Sein trotziger Übereifer sorgte für schallende Heiterkeit unter den Buben. Im Überschwang wurden ihre Ansinnen einfältiger. Robert mußte vertrocknete Regenwürmer essen und aus Hundemist Kugeln formen.

Sie beratschlagten über Roberts nächsten Auftrag. Carl hatte das Treiben mit der Zurückhaltung des Ältesten verfolgt. Er stellte sich zu einem Baum, um seiner Natur freien Lauf zu lassen. Unversehens war Robert bei ihm. Der Kleine musterte ihn zornig. Er rief. »Wetten, daß ich dein Ding in den Mund nehme?!«

Carl fand zu keinem Gedanken. Einer der Buben jauchzte begeistert auf. Robert stand breitbeinig auf den Baumwurzeln, die aus dem Boden schlugen. Eine Hand hatte er in die Hüfte gestemmt, die andere zur Nase geführt, um sich den Rotz abzuwischen.

»Das traust du dich nicht«, sagte Carl.

Der Kleine beugte sich hinab –.

Die anderen lachten ungläubig, fast betroffen. Carl starrte nach unten. Jäh zog er sich zurück und knöpfte seine Hose zu. Robert sprang auf, reckte die Faust und stieß einen Siegesschrei aus. Carl schämte sich so sehr, daß er keinem der Buben mehr ins Gesicht sehen wollte. Unter einem Vorwand lief er nach Hause.

Danach hatte Carl keine Lust mehr verspürt, zu den anderen auf die Gasse zu gehen. Er wollte nicht auf die schreckliche Geschichte am Baum angesprochen werden. Er verdrängte jede Erinnerung daran. Es blieb nur die Furcht, einen der Buben auf der Straße zu treffen.

So war es Carl doppelt lieb, an der neuen Schule das Schachspiel für sich zu entdecken. Nachdem er die Partie mit seinem Vater eröffnet hatte, trieb es ihn gar nicht mehr nach draußen. Jeden Nachmittag stand Carl am Waschtisch, vertiefte sich in die Stellung oder träumte von seiner Zukunft als Feldherr in der österreichisch-ungarischen Armee. Den Einwänden der Mutter begegnete er mit schüchterner Unbeirrbarkeit. »Aber ich muß spielen«, sagte er. »Sonst lerne ich es nicht.« Auf die Frage, weshalb um alles in der Welt er dieses nutzlose Spiel lernen wolle, gab er keine Antwort.

Es war indes nicht allein der Gedanke an Krieg, der Carl in Schrecken versetzte. Ein zwiespältiges Gefühl verband er mit der Nacht. Ohne sich diesen Umstand erklären zu können, war er überzeugt, daß die Nacht etwas Lebendiges war. Mitunter hatte er solche Angst vor der Dunkelheit, daß er den Schlaf nur aufrecht im Bett sitzend erwarten konnte. Er spürte die Nähe von Gespenstern. Das schrecklichste davon war die Frau von jenem Umzug, die ihn mit ihrem aufgerissenen Bauch verfolgte. Dann wieder gab es Nächte, in denen er die Müdigkeit bezwang, weil er sich so wohl fühlte unter der Decke. Da begriff er die Nacht als denkendes, empfindendes Wesen, das mit ihm sprach und um ihn besorgt war. Die Nacht war eine launische Mutter, in der er lebte, wenn der Tag vorüber war.

Lechner war einer der wenigen Menschen, die Adalbert gern sah. Der kam ab und zu in das Gasthaus zum Hirschen und fragte nach des Geigers Befinden. Er wußte von Adalberts Liebe zu Leopoldine. Überhaupt plagte Adalbert mehr und mehr das Bedürfnis, sogar fast Fremden gegenüber auf die Aufwühlung anzuspielen, die sein Leben in diesen Wochen veränderte. Mit Lechner konnte er bedenkenlos über Leopoldine sprechen. Er vertraute ihm. Er konnte seine Gedanken mitteilen, die sich ständig um Leopoldine, aber vor allem um jenen Menschen drehten, der seinem Glück entgegenstand. Mit Lechner beredete er seinen Kampf gegen Gustl. Lechner wartete weder mit Ratschlägen auf, noch erinnerte er Adalbert an seine Verpflichtungen gegenüber Maria und Carl. Dafür war Adalbert ihm dankbar. Mit Lechners gutmütigem Gesicht verband er Hoffnung.

An einem Abend war Adalbert besonders froh, Lechner zur Seite zu haben. Ein gerade in das Gasthaus eingetretener Stammgast flüsterte Adalbert zu, daß Maria vor der Tür stand. Lechner seufzte. Adalbert dämpfte wütend seine Zigarette ab und ging nach draußen. Marias Gesicht war ein blasser Fleck in der Dunkelheit.

»Was willst du? Was ist mit Carl?«

»Liesl ist bei ihm«, sagte sie. »Komm mit nach Hause.«

Adalbert betrachtete sie. Ihre Augen, die er ewig zu kennen schien, sahen ihn an wie einen zürnenden Gott. Von einem Moment auf den anderen war er milder gestimmt. Er fühlte Mitleid.

»Warum kommst du nicht mit hinein?« fragte er. »Iß

etwas. Ich lasse es anschreiben. Ja, komm mit« – er faßte sie an der Schulter, öffnete die Tür und zog Maria mit sich – »du hast heute sicher noch nichts Warmes gegessen.«

Er führte sie zu einem Tisch. »Ich habe noch gar nicht gegessen«, murmelte sie, als Adalbert sie auf einen Stuhl drückte.

»Wir waren lange nicht mehr zusammen aus«, sagte er. »Carl, hat er heute schon gut gegessen . . . ?«

»Beruhige dich, darüber kann Carl nicht klagen.« Sie hielt Adalbert, der Anstalten machte aufzustehen und aus dem Lokal zu laufen, am Arm zurück.

Adalbert bestellte zwei Obstler und für Maria ein Gulasch. Den Schnaps lehnte sie ab. Adalbert stieß mit sich selbst an und trank beide Stamperln. Maria rümpfte die Nase. Er übersah es. Eine Weile bemühte er sich, eine Unterhaltung in Gang zu bringen. Er machte Maria hilflose Komplimente, fragte nach anstehenden Näharbeiten, sprach über die Sonne, die sich seit Wochen nicht zeigen wollte, und erzählte von Lechners neuen Handschuhen. Als er merkte, daß ihr Gespräch zu etwas recht Sinnlosem gedieh, winkte er Lechner hinzu und lud ihn ein, sich zu ihnen zu setzen.

Lechner schenkte Maria sein herzlichstes Lächeln und krähte nach einem Krug Rotwein. Erst lobte er ihr Aussehen, dann brachte er sie mit der Schilderung seines Handschuhkaufes zum Lachen. Er schwadronierte wie ein bezahlter Alleinunterhalter. Adalbert starrte gelähmt zur Decke. Nachdem Maria ihr Gulasch verschlungen hatte, schlug Lechner ihr ein harmloses Kartenspiel vor, an dem sich nur zwei Spieler beteiligen konnten. Adalbert küßte Maria flüchtig, entschuldigte sich und nahm an der Schank Platz.

»Was hast du ihm dafür versprechen müssen?« fragte die Wirtin. Sie wies mit einer Kopfbewegung zu dem Tisch, an dem Lechner unter bubenhaftem Lachen seine Karten ausspielte.

»Ich bin ein Idiot«, zischte Adalbert. »Warum habe ich sie nicht nach Hause geschickt?« Er wandte sich halb um. Marias Züge stießen ihn ab.

Adalbert trank einige Stamperln Obstler. Es war die Zeit des Abends, zu der das Türglöckchen nicht aufhörte zu klingeln. Ein bestimmter Klang, der nichts mit dem Glöckchen zu tun hatte, drang an sein Ohr. Ohne sich umzudrehen, wußte er, daß Leopoldine in diesem Moment dem Raum ihren Zauber lieh. Er bestellte sich einen Dreifachen.

Als Adalbert am nächsten Tag in seinem Bett erwachte, waren weder Maria noch Carl zu Hause. Fenster und Tür standen weit offen, und Adalbert hatte keine Ahnung, wie er hereingekommen war. Von der vergangenen Nacht wußte er nicht mehr viel. Leopoldine hatte das Gasthaus zusammen mit Gustl besucht. Lechner und die Wirtin achteten mit sichtlichem Vergnügen auf Gelegenheiten, um Maria und Gustl abzulenken und Adalbert ein paar ungestörte Momente mit Leopoldine zu verschaffen. Adalbert brach einen Streit vom Zaun, in dem er Gustl elegant abfertigte. Zuletzt küßte Gustl ihn und beteuerte seine große Wertschätzung für Adalbert. Die gutgelaunte Maria wurde von Lechner nach Hause gebracht. Nach einem der ungezählten Schnäpse befiel Leopoldine schwere Übelkeit.

Gustl bestand darauf zu gehen. Eine Weile folgte Adalbert den beiden wie ein verrücktes Gespenst. Auf Irrwegen wankte er zurück zum Gasthaus, wo die Wirtin und der plötzlich wiedergekehrte Lechner warteten. Adalbert trank noch einige Stamperln. Er begann zu weinen. Er stolperte durch das Gastzimmer. Schließlich hatte er sich in die Sägespäne gelegt und geschlafen.

Am Abend nach jener ereignisreichen Nacht holte Adalbert seine Geige hervor und trat bei einem Heurigen auf, in dem er nicht unerwünscht war. Obwohl ganz aus der Übung, fand er gleich zu seinem Spiel, denn – er wollte spielen. Nicht die süßen Wirtshausmelodien, die er so haßte, nein, wilde, klassische Musik. Er geigte, als hätte er den Teufel im Leib. So etwas hatte niemand auf diesem Heurigen jemals zuvor gehört.

Carl an der Hand, das erspielte Geld in der Tasche, besuchte Adalbert tags darauf Samuel Gold, der nicht weit vom Gasthaus zum Hirschen ein Buchgeschäft betrieb. Adalbert legte ein paar Münzen auf den Ladentisch. Das war alles, was er besaß, erklärte er Gold unumwunden. Es mußte reichen, um Carl mit einem Schachbrett, dem dazugehörigen Figurensatz sowie den wichtigsten Lehrbüchern des Schachspiels auszustatten. Adalbert verabschiedete sich von Carl, schüttelte Gold die Hand und versprach, daß der Bub in zwei Stunden abgeholt wurde. Es war das letzte Mal, daß Carl seinen Vater sah.

Zu Hause gestand Adalbert Maria seine Liebe zu Leopoldine. Ihre Verzweiflung ertrug er ungeduldig. Er eröffnete ihr, daß er fürs erste bei Lechner wohnen werde. Er packte die nötigsten Habseligkeiten. An der Tür bat er die schluchzende Maria, die ihm wie eine Traumgestalt erschien, Carl in Golds Buchladen abzuholen. Im Gasthaus zog er Leopoldine, die auch diesen Freitag ausschenkte, beiseite: Er habe Maria verlassen. Er liebe sie, Leopoldine. Er gehe zu Lechner, um dort auf jene Entscheidung zu warten, um die er sie nun bat – gleichgültig, wieviel Zeit diese beanspruchte noch wie sie ausfiel. Bis dahin wollte er sie nicht behelligen.

Adalbert hatte sich fast einen ganzen Koffer voll Schnapsflaschen aus dem Gasthaus mitgenommen. Zwei Tage tobte er dergestalt, schrie und wimmerte in seinem Zimmer, sang düstere Lieder, die ganz bestimmt nicht viele vor ihm gesungen hatten, so daß die Lechners meinten, mit seinem Verstand ginge es zu Ende. In der dritten Nacht brach er aus seiner selbstgewählten Zelle aus. Er umschlich über Stunden das Gasthaus in der Hoffnung, Leopoldine zu sehen. Nur mit List entkam er einem Wachmann, der die Schnapsflasche in Adalberts Hand beanstandet hatte. In der vierten Nacht lauerte er vor den Fenstern, hinter denen er Maria und Carl im Bett wußte. In der fünften Nacht torkelte er nach der Sperrstunde in das Gasthaus und schlief mit der Wirtin. Am nächsten Tag wollte er sich aufhängen, fand dann aber doch nicht den Mut dazu. In der siebten Nacht hielt er es nicht mehr aus. Er rannte in das Gasthaus, um Leopoldine zu sehen. Er konnte keine Woche ohne ihre Nähe sein, sagte er ihr. Er erwartete bedauerndes Zögern, Vertröstungen von Leopoldine. Es kam anders. Glücklich, fast ungläubig bemerkte er, wie ihr Herz wuchs, wenn sie ihn ansah.

Leopoldine war nicht nur Trophäe, sondern auch Schiedsrichterin in dem Kampf, den Adalbert gegen Gustl führte. Nun erklärte sie Adalbert zum Sieger. Gustl besuchte Adalbert im Gasthaus, um ihn zu umarmen und ihm aufrichtigen Herzens alles Gute zu wünschen. Adalbert sah ihm nicht in die Augen.

Maria wollte Adalbert nicht gehen lassen. Als er wegen frischer Hemden in die Wohnung kam, bereitete sie ihm einen schrecklichen Empfang. Sie umklammerte seine Beine. Aus ihrem Gesicht schrie solcher Schmerz, daß das Mitleid Adalbert die Tränen in die Augen trieb. Zuletzt gab sie ihm ein Päckchen. Er fand darin Handschuhe und dicke Strümpfe, Brot und Schinken und Speck sowie ein paar Münzen, die Maria sich auf eine unmögliche Art erspart hatte.

Für die nunmehr quälenden Stunden, in denen Leopoldine im Gasthaus arbeiten mußte, hatten Adalbert und sie ein neues Spiel entdeckt: die Blicke des anderen zu spüren und darüber zu lächeln. Sonst verbrachten sie ihre Zeit in dem kleinen Zimmer bei den Lechners, wo sie einander ihre Lebensgeschichte erzählten und sich – zumindest anfangs – oft bis zur Besinnungslosigkeit betranken.

Einmal wanderten sie über den Kahlenberg. Adalbert blieb stehen, breitete die Arme aus und forderte Leopoldine auf, sich fallen zu lassen, er werde sie rechtzeitig halten. Sie zögerte keinen Moment. Er fing sie eine Handbreit über dem Boden auf.

Es waren die glücklichsten Wochen in Adalberts Leben. Sein Herz legte die in Adalbert so anstrengende Arbeit gerade zu einem Zeitpunkt nieder, als er begonnen hatte, nicht mehr jeden Tag zu trinken. Sieben Monate nach seinem Tod brachte Leopoldine ein Mädchen zur Welt. Sie selbst starb bald nach Linas Geburt an der Grippe.

5

Die Zusammenkunft mit Anna Feiertanz kam Carl ungelegen. Sie waren im Café Renaissance verabredet. Die Rechnung mußte natürlich er bezahlen. Aber er hatte kein Geld. Das Honorar der *Deutschen Schachzeitung* hatte für den Mietzins und ein paar kleine Mahlzeiten gereicht. Woher bekam er einen Zehnkronenschein für den Abend? »Bitte, gnädige Frau, Ihre Melange müssen Sie sich selbst zahlen«, konnte er ja nicht gut sagen.

In manchen Cafés warteten finanzstarke Schachliebhaber darauf, mit Meistern gegen Einsatz Vorgabepartien zu spielen. Man gab ihnen einen Springer vor, gewann trotzdem und strich das Geld ein. Für Carl kam das nicht in Betracht. Er hatte Skrupel. Er wollte niemanden übervorteilen. Eine andere Möglichkeit war, sich etwas zu leihen. Doch selbst das ging nicht. Carl konnte niemanden um etwas bitten. Also mußte auch der Gedanke verworfen werden, bei einer der vielen Schachzeitschriften, für die Carl schrieb, um einen Vorschuß anzuklopfen.

Dieses Problem ließ Carl den ganzen Tag über nicht los. Er analysierte die Eröffnungssysteme, die Lasker bisher angewandt hatte. Er fand dabei keine Ruhe. Es war fast so, als fürchtete er, Frau Feiertanz ein Leid zuzufügen, wenn er ihren Kaffee nicht zahlte. Er überlegte sogar, einen Boten in das Café zu schicken mit der Nachricht, Carl sei krank.

Schließlich versetzte er die Uhr, die er im Karlsbader Turnier vor drei Jahren gewonnen hatte. Er lief zurück in seine Wohnung. Erleichtert versank er in Laskers Interpretation der Spanischen Partie. Als es Zeit war, schlich er in seinem besten Anzug in das nächste Café und dort geradewegs zur Toilette. Er wusch sich. Auf dem Weg zum Café Renaissance fiel ihm ein, daß man einer Dame Blumen mitbringt. Doch wo kauft man im Winter Blumen? In einem Geschäft erstand er einen Strauß künstlicher Rosen. Von echten waren sie kaum zu unterscheiden, fand er, obwohl sie nicht dufteten.

Carl saß schon eine Weile vor seinem Kaffee, als Anna mit schnellen Schritten das Lokal durchmaß. Er erhob sich linkisch. »Bitte!« rief sie. »Bleiben Sie sitzen!« Sie ließ sich in die Polsterbank fallen und zwinkerte Carl vergnügt zu. Ihre Wangen leuchteten. Sie sprang wieder auf, schlüpfte aus ihrem Mantel und drückte ihn dem Ober auf den Arm. Sie bestellte sich Likör und einen Kuchen. Ihr Blick fiel auf die Blumen. Sie war entsetzt. Im nächsten Moment mußte sie lachen. Sie fragte sich, ob derartige Geschmacklosigkeiten für Schachspieler typisch seien. »Jetzt erzählen Sie einmal«, sagte sie. »Wieso wollen Sie Schachweltmeister werden?«

»Ich begreife nicht ganz –«

»Als Weltmeister sind Sie berühmt, Sie werden nicht vergessen ...«

»Ich weiß nicht, ob ich das will.«

»Aber Sie spielen um die Weltmeisterschaft. Warum?«

Carl strich sich mit der Hand über den Kopf.

»Und Sie?« fragte er und kratzte über einen Fleck auf seiner Hose. »Wieso interessieren Sie sich für die Weltmeisterschaft? Wollen Sie vielleicht – ein Buch darüber schreiben?«

»Fänden Sie das komisch? Ich habe daran gedacht. Aber ich glaube, ich habe zuviel Phantasie dazu.«

Sie erklärte ihm den vermeintlichen Widerspruch. Dadurch, daß sie sich vorstellte, dies und jenes zu tun, nahm sie das Ereignis bereits vorweg. So war es nicht mehr nötig, ihr Vorhaben auszuführen.

Carl war sich nicht sicher, ob er richtig verstanden hatte. Er ließ sich ihren Gedanken noch einmal erläutern. Was sie sagte, konnte er nicht recht nachempfinden. Aber je länger er darüber nachdachte, desto besser gefiel es ihm.

Anna begann das Gespräch nicht unbedacht auf gerade diese Weise. Sie wußte, daß dieser Schachspieler sehr scheu war. Aber sie wußte auch, daß man einen Menschen am erfolgreichsten verändert, wenn man ihn behandelt, als sei er schon so, wie man ihn haben will. Sie redete mit Carl, als sei seine Unsicherheit nicht vorhanden. Und noch ein Mittel wandte Anna an. Wollte man von seinem Gegenüber ein Geheimnis erfahren, mußte man selbst eines preisgeben. Es waren zwar keine Geheimnisse, die sie Carl offenbarte. Doch sie zeigte Seiten ihres Wesens, die man im Umgang mit weniger vertrauten Menschen gewöhnlich bedeckt hält.

Ohne Carl zu nahe zu treten, sprach sie so unbefangen mit ihm, als wären sie alte Bekannte.

Nach seinem zweiten Kaffee staunte Carl, welche Dinge er dieser Dame erzählte. Er ließ sich zu einem Likör überreden. Damit er nicht beschwipst wurde, bestellte er sich ein paar Semmeln und ein Stück Torte. Anna beschrieb ihm Gesellschaften, die sie oft besuchte. Bei der Schilderung der schrulligen Leute, die sich dort tummelten, klatschte er sich auf die Schenkel. Er mußte versprechen, Anna einmal zu begleiten. Er dachte nicht mehr an die Frage, die ihn beschäftigt hatte: was Anna von ihm wollte. Kam denn wirklich jemand auf die Idee, einen Menschen aufgrund eines Zeitungsartikels anzusprechen, einfach um ihn kennenzulernen?

Nach seinem zweiten Likör vergaß Carl die Weltmeisterschaft und Lasker. Er fühlte sich wohl. Anna brachte ihn erst wieder in Verlegenheit, als sie unvermittelt das Duwort zwischen ihnen einführte.

Carl winkte nach der Rechnung. Er griff nach seiner Geldtasche, entnahm den Schein und hielt ihn dem Ober entgegen. Als er aufblickte, steckte Anna gerade das Wechselgeld ein. Der Ober verneigte sich. Der Schein war noch in Carls Hand. Carl öffnete den Mund, brachte aber keinen Ton hervor.

»Das nächste Mal darfst du zahlen.«

Vor dem Lokal verabschiedeten sie sich. Anna wünschte ihm Glück für die Partie am nächsten Tag.

Carl war so verdattert, daß er vergaß, ihr seine Begleitung anzubieten.

Zur vierten Partie übersiedelte die Veranstaltung in das Café Marienbrücke. Hummels Frühstückssaal bot ungleich mehr Zuschauern Platz als der Wiener Schachklub. Mandl hatte sich in den Kopf gesetzt, aus dem Wettkampf Kapital zu schlagen. Also wurde das abgesonderte Zimmer kurzerhand abgeschafft. Der Spieltisch stand mitten im Café. Wer die Partie sehen wollte, mußte Eintritt bezahlen.

Vor der Partie fand ein Simultanschaukampf statt. Die Veranstalter hatten sich etwas Besonderes ausgedacht. Lasker und Haffner zogen abwechselnd gegen die zwanzig Gegner, ohne sich zu beraten. Zehn Minuten vor Beginn des Simultankampfes stieß Lasker die Tür zum Café auf. Er dankte nach allen Seiten für den aufbrandenden Applaus. In seinem federnden, gewohnt aufrechten Gang bahnte er sich einen Weg durch die Leute. Mandl eilte ihm entgegen. Energisch führte Lasker ihn beiseite.

»Ich habe ihren Kassier am Eingang gesehen. Die alle haben Eintritt bezahlt?« Lasker wies auf die Menschenmenge. In diesem Moment tobten die Leute von neuem los, noch begeisterter als zuvor. Haffner hatte sich hinter Fähndrich ins Café gedrückt.

Mandl stammelte eine Erklärung. Lasker ließ ihn nicht ausreden. »Bemühen Sie sich nicht. Herr Präsident belieben zu vergessen, wer diese Leute hierhergeführt hat. Dreißig Prozent der Eintrittsgelder für Haffner und mich, und die Veranstaltung kann beginnen. Dreißig Prozent, oder ich spiele nicht und breche den ganzen Wettkampf ab.«

Lasker wandte sich um und schlenderte in aller Ruhe

zu Haffner, um ihn zu begrüßen und das Vorgefallene zu besprechen. Carl hatte dazu keine Meinung. Er wollte Lasker nicht vor den Kopf stoßen, doch er wollte sich auch nicht mit einer so unangenehmen Forderung befassen.

Unterdes lief Mandl zu Rothschild. Kleinlaut erstattete er Bericht, konnte sich jedoch nicht des Vermerks enthalten, daß er den Weltmeister für unappetitlich geldgierig hielt. Rothschild würdigte Mandl keiner Silbe. Er fand Lasker vor dem Café. Rothschild entschuldigte sich weltgewandt und beteuerte, daß Laskers Ansinnen recht und billig war. Sofort nach der Abrechnung werde das Geld ausbezahlt. Es habe sich um einen Kommunikationsfehler zwischen den Veranstaltern gehandelt.

»Sehen Sie, das habe ich mir gedacht«, sagte Lasker lächelnd. Er informierte Haffner und stellte sich bei den Simultanbrettern bereit. Mandl sprach mit verkühlter Stimme die Begrüßungsworte.

Lasker schritt als erster die Reihen ab. Carl schüttelte jedem Gegner die Hand und machte den zweiten Zug. Als er sich vor das letzte Brett beugte, traute er seinen Augen nicht. Er wurde rot. »Daß Sie Schach spielen können, haben Sie mir verschwiegen.«

»Ich werde Hilfe brauchen«, antwortete sie schmunzelnd. Sie wies hinter sich. Hinter jedem Brett steckten Zuschauer die Köpfe zusammen, Annas Brett jedoch war regelrecht umlagert.

Lasker hatte sich einen Plan für diesen Simultankampf zurechtgelegt. Es ging um nichts. Was lag näher, als diese Partien gezielt zur Wettkampfvorbereitung zu nutzen? Sich selbst zu stärken, Haffner ein wenig aus der Fassung zu bringen? Haffner und Lasker kommandierten an allen Brettern gemeinsam die weißen Steine. Anders als sonst konnte Lasker so Haffners eigene Stellung beeinflussen. Nun legte Lasker alle zwanzig Partien so zweischneidig an, daß die beobachtenden Meister vor das Lokal gingen und vor Lachen wieherten. Nicht einmal den verwegensten Romantikern unter ihnen fiel es ein, solche Attacken zu reiten. Carl war freilich nicht nach Lachen zumute. Er fühlte sich schrecklich in den Positionen, die Lasker vorgab. Lasker brach alle Brücken hinter ihnen ab. Umschwenken auf Verteidigung, auf ein gemäßigteres Spiel führte in derartigen Stellungen geradewegs ins Verderben. Carl mußte bei diesen halsbrecherischen und völlig unmotivierten Angriffen mitziehen und darauf hoffen, daß er es mit schwachen Gegnern zu tun hatte. Laskers Rechnung ging auf. Der ungewohnte Stil raubte Carl Kraft.

An Annas Brett überlegte Carl lange. Er hielt es für ritterlich, sie nicht zu besiegen. Zumindest ein Unentschieden wollte er ihr schenken. Nur durfte er das nicht allzu auffällig gestalten. Carl war aber von Laskers skurrilem Spiel so durcheinandergebracht und vom vergangenen Abend mit Anna so beschämt, daß er an ihrem Brett ganz stümperhafte Züge machte. Er spielte so schlecht, daß Lasker ihn bei einem Wechsel fragte: »Was ist mit Ihnen, Haffner? Sind Sie verliebt?« Er drohte Carl mit dem Finger.

Natürlich sprangen Anna Helfer bei. Nach jedem Zug der Meister bekam sie von links und rechts die besten

Fortsetzungen zugeflüstert. Einen dieser Kavaliere, der sich besonders übertrieben um ihr Spiel bemühte, fragte Anna mit ihrem herzlichsten Lächeln, ob er nicht mit ihr den Platz tauschen wolle. Der verstand den Wink nicht. Er blies die Backen auf. »Aber nein, aber nein, Madame«, gluckste er mit hoher Stimme. »Es ist Ihr Spiel, Madame, Sie spielen wunderbar?«

Anna winkte einigen Freunden zu, die sie mitgenommen hatte und die die Veranstaltung mit Interesse verfolgten. Eigentlich saß sie bloß auf diesem Stuhl, weil sie das Spektakel auch aus diesem Blickwinkel erleben wollte. Die Partie war ihr egal.

Carls schwaches Spiel bescherte Anna einen frühen Sieg. Das Café klatschte heftig Beifall. Anna wehrte die Gratulationen ab und bedankte sich bei der Flüsterrunde hinter ihrem Brett. Krawatten wurden zurechtgerückt, Schnauzbärte gezwirbelt und die sonnigsten Nuancen des Lächelns zur Schau gestellt. Die Herren bedauerten sehr, daß Anna sich nun wieder um ihre Freunde kümmern mußte.

Die Partie gegen die einzige Dame im Feld war also nicht zu retten. Es gelang Carl, keine weitere Partie zu verpatzen. Er spielte beileibe nicht sein stärkstes Schach, dazu waren ihm die Stellungsbilder zu fremd und zu unbehaglich. Doch wenigstens torpedierte er Laskers Spiel nicht. Denn der fühlte sich in den bizarren Stellungen zu Hause. Plötzlich hieß es matt auf Brett 7, matt auf Brett 15, Aufgabe auf Brett 4. Es stand drei zu eins für die Meister. Es folgte Aufgabe auf Brett 3, Aufgabe auf Brett 6, matt auf Brett 12. Ein einziges Unentschieden gab Lasker ab, und das war auf einen

Fehler Carls zurückzuführen, der mit einem unnötigen Verteidigungszug ein Tempo verloren hatte. Das Endergebnis lautete achtzehn zu eins. Es war eine perfekte Demonstration von Laskers Willen, Mut und Kraft. Carl war zu einem Statisten herabgewürdigt, und er spürte dies auch. Hummel und die Wiener Meisterrunde pafften betreten ihre Zigarren. Lasker hatte keine Anfänger vernichtet. Bis auf die reizende Dame auf Brett 20 waren es allesamt recht unbekannte, doch starke Spieler aus den entlegensten Winkeln der Monarchie.

Der Hergang dieses Schaukampfes war ein Abbild der Erfolge, die Lasker seit zwei Jahrzehnten in ernsthaften Partien errang. Lasker stand nach ein paar Zügen im Hemd – und gewann trotzdem. Viele warfen ihm pures Glück vor. Freilich hatten seine Siege nichts mit Glück zu tun. Lasker nahm Nachteile in Kauf, um den Gegner auf gefährliches Terrain zu locken. Er vertraute darauf, im entscheidenden Moment stärker als der Gegner zu sein. Jedem anderen wurde ein solches tollkühnes System zum Verhängnis. Lasker nicht. Eben weil er, und nicht bloß im entscheidenden Moment, der Stärkere war. Manche seiner Züge sahen aus wie die eines Verrückten. Die wenigsten verstanden, wie begründet, wie kalkuliert Lasker spielte. »Dieser Zug ist gegen Tarrasch gut, gegen Janowski wäre er ein grober Fehler«, sagte Lasker einmal bei einer Analyse. Man hielt das für einen Witz. Es war kein Witz. Lasker bezog den Charakter des Gegners in sein Spiel mit ein. Manche fühlten sich vom Weltmeister behext, manche glaubten an Hypnose. Auf der ganzen Welt gab es kaum zwei Spieler, die Laskers Philosophie begriffen.

Warum widerstand Carl Haffner dieser Methode? Haffner wußte selbst nicht, wie er schon drei Partien gehalten hatte. Lasker kannte den Grund. Der Wiener ließ sich nicht locken. Was immer Lasker anfing, mit welch unmöglichen Manövern er ihn einlud, Haffner blieb in seinem Bau. Haffner weigerte sich schlichtweg, mit zu jenem Abgrund zu spazieren, an dem für Lasker der Kampf erst begann.

Während Haffner und Lasker sich zur vierten Partie niederließen, rannte Hummel auf und ab und raufte sich das Haar. Wenn diese Vorstellung des Weltmeisters Haffner in die Knochen gefahren war, mußte man das Schlimmste befürchten. Man brauchte nur in den Mienen zu lesen. Lasker saß aufrechter da denn je. Haffner sah aus, als hätte er sein Gesicht mit Mehl eingerieben. Und daran war Hummel schuld. Ausgerechnet er hatte diesen Simultankampf angeregt. Seinen Nerven half nicht einmal ein Cognac. Er beruhigte sich erst wieder, als Haffner nach gut einer Stunde aufstand und sich mit Frau Feiertanz unterhielt.

Anna stellte Carl ihre Begleiter vor. Carl vergaß die Namen gleich wieder. Er bat, Anna kurz allein sprechen zu dürfen. In einer Ecke zog er seine Geldtasche.

Anna wehrte ab. »Ganz bestimmt nicht. Ich habe dir doch gesagt, daß du beim nächstenmal zahlen sollst..«

»Ich bitte Sie«, drängte Carl. »Nehmen Sie nimm das Geld. Wie komme ich dazu ...«

»Richtig. Wie kommst du dazu, dir darüber Gedanken zu machen?« Sie faßte Carl am Arm. »Jetzt erkläre: Wo, um Himmels willen, liegt das Problem?!«

Carl starrte sie an. Er zog den Kopf ein und kehrte ans

Brett zurück. Anna machte ihre Freunde mit dem ehrenwerten Präsidenten bekannt und lobte dessen Hilfsbereitschaft. Mandl, der zerknirscht durch das Café geschlichen war, blühte auf.

Hummel hatte Carls Widerstandskraft unterschätzt. Einmal mehr wunderte sich Lasker, wie sehr sich dieser Haffner wandelte, wenn er am Brett saß. Plötzlich war da keine Unsicherheit, keine Unwissenheit. Zwar gelang es Lasker, die bessere Stellung zu erreichen. Doch Haffner verteidigte sich hartnäckig, umsichtig, fehlerlos, so daß es kein Durchkommen gab.

Nach dem Friedensschluß in der Partie hatte der überglückliche Hummel, der neue Mitglieder seiner Anti-Duell-Liga witterte, Annas Freunde in Beschlag genommen. Carl trat zu Anna und fing wieder mit dem Geldschein an. Sie sah Carl in die Augen. Ein Blinder mußte erkennen, daß sie wirklich nicht wußte, was Carl von ihr wollte.

Sie lächelte. »Ich nehme das Geld. Unter einer Bedingung. In den nächsten Tagen gehen wir noch einmal aus. Ich bestimme Zeit und Ort, und die Rechnung geht auf mich.«

Carl stimmte zu. Er war so froh, seine peinliche Schuld zu tilgen, daß er auf Annas Vorschlag ohne Bedenken einging. Er würde eben an dem betreffenden Abend nichts essen und nichts trinken. Vielleicht konnte er sie sogar überreden, ihn seiner Kavalierspflicht nachkommen zu lassen.

Die fünfte Partie war die letzte auf Wiener Boden. Nach einer Pause von vier Tagen wechselte der Wettkampf nach Berlin, wo die restlichen Partien ausgetragen wurden.

Für die fünfte Partie zog Hummel in seinen Kolumnen noch einmal sämtliche Register. Aus allen Teilen Europas kamen neue Berichterstatter. Im Gedränge gingen die Fensterscheiben des Cafés Marienbrücke zu Bruch. Weder Lasker noch Haffner gelangten ins Lokal. Das Spiel mußte um eine halbe Stunde verschoben werden.

Als Lasker etwas zerbeult, aber lachend ins Café stolperte, bemerkte er, der Kosmopolit: »Eigentlich wäre ich schon gern ein Wiener.« Nur der Schiedsrichter neben ihm hörte seine Worte. Der Lärm war nicht mehr zu überbieten.

Haffner erreichte den Eingang mit Hilfe Fähndrichs, der sich in den vergangenen Wochen zum Faustkämpfer entwickelt hatte. Im Café brach Carl zusammen. Er war weiß wie eine Leiche. Auf seiner Stirn stand Schweiß. Gleich war ein Arzt zur Stelle. Man trug Carl zu einer Sitzbank. Der Arzt fühlte den Puls, rief nach Wasser und behandelte Carl mit Riechsalz. Er vermutete einen Schwächeanfall, den der Weg durch das Getümmel verursacht hatte. Der Arzt konnte nicht wissen, daß Carl seit Tagen außer dem Stück Torte und den Semmeln an jenem Abend mit Anna nichts gegessen hatte. Carl war völlig mittellos. Es war ihm unangebracht erschienen, seinen Anteil am Honorar für die Simultanveranstaltung anzunehmen.

Carl schlug die Augen auf. Der Schiedsrichter fragte ihn, ob er die Partie verschieben wollte. Carl bat bloß um einen Aufschub von einer halben Stunde. Ob er sich denn in der Lage fühle, eine schwere Partie durchzustehen? Carl erklärte, man dürfe die Zuschauer nicht enttäuschen. Außerdem wollte er seinem Gegner nicht lästig fallen. Der Schiedsrichter zuckte die Achseln. Hummel fragte Carl, ob er den Verstand verloren habe. Fähndrich bestürmte ihn, die Partie zu verschieben. Carl winkte ab. »Es geht schon, meine Herren.«

Als Haffner sich ans Brett setzte, fragte sich Lasker, ob er es mit einem Geistesgestörten zu tun hatte. Hier ging es ja nicht um eine Klubmeisterschaft. Oder wollte der Wiener den Märtyrer spielen? Lasker war knapp daran zu protestieren. Wenn er diese Partie gewann, konnte man darauf hinweisen, daß er einen Kranken besiegt hatte.

Tatsächlich wunderte es niemanden, als Carl in eine schlechte Stellung geriet. Er erhob sich kein einziges Mal vom Brett. Kaum ein Meister im Café, der nicht eine Niederlage Haffners voraussagte. Die Partie wurde bei greifbarem Vorteil des Weltmeisters abgebrochen. Für die Wiederaufnahme setzte der Schiedsrichter auf Antrag Fähndrichs eine Frist von drei Tagen fest, um Haffner Gelegenheit zur Erholung zu bieten.

Fähndrich und die Wiener Meisterrunde brachten Haffner in Rothschilds Automobil zum Schachklub. Carl leistete Widerstand. Vergebens. Fast mit Gewalt steckte man ihn im Ruheraum ins Bett. Der Arzt gab ihm eine stärkende Spritze. Fähndrich wachte daneben auf einem Stuhl. Als Carl eingeschlafen war, nahm Meister Weiss Fähndrichs Platz ein. Auch Mandl und Rothschild selbst saßen eine Stunde am Lager. Nachdem Carl sich ausgeschlafen hatte, ließ man von einem Gasthaus eine Mahlzeit kommen. Carl sträubte sich zu essen. Fähndrich machte Anstalten, ihm den gefüllten Löffel in den Mund zu stopfen. Hummel sekundierte mit gepfefferten Flüchen. Carl mußte sich fügen. Ebensowenig konnte er sich dagegen wehren, daß man ihn bis zur Wiederaufnahme der Partie im Schachklub festhielt.

Keine Ausflucht half. Carl sagte, er wollte sich umziehen. Rothschild stattete ihn von Kopf bis Fuß mit neuen Kleidern aus. Carl verging beinahe vor Scham. Er müsse zu Hause einen dringenden Artikel abfassen. Hummel fragte, worum es sich drehe, und schrieb den Artikel. In seiner Not schwindelte Carl, daß er nach seiner Mutter sehen mußte. Vielleicht benötige sie seine Hilfe. Maria staunte nicht schlecht, als ihr die drei kräftigsten Herren des Wiener Schachklubs eine Bonbonniere überreichten und ihr jede erdenkliche Unterstützung anboten.

Carl durfte jeden Tag nur für einen Spaziergang aus dem Haus. Dabei wurde er von vier Schachfreunden beaufsichtigt. Zweimal täglich kam der Arzt. Mahlzeiten gab es morgens, mittags und abends. Nach Ablauf der drei Tage beteuerte die Meisterrunde, ihren Vorkämpfer noch nie so gesund gesehen zu haben. Zurück ins Café Marienbrücke fuhr man wieder mit dem Automobil. Carl litt Qualen. Er schwor sich, jede Krone, die man für ihn ausgegeben hatte, so schnell wie möglich zurückzuzahlen.

Carl setzte sich mit gesteigerter Energie ans Brett. Diese Partie durfte er noch weniger verlieren als jede andere. Er stand in der Schuld seiner Kollegen. Man erwartete nun, daß er die Partie hielt.

Carl hatte eine ganz miserable Stellung. Er kroch

fast mit dem Kopf in den Tisch hinein. Ihm wurde übel, wenn er sich Hummels traurigen Blick vorstellte. Nie zuvor hatte Carl sich so in eine Partie verbissen. Es war umsonst. Bald hatte Lasker ihn überspielt. Allem Ermessen nach ging der Weltmeister mit dieser Partie in Führung. Aber – Lasker selbst sagte, daß es nichts Schwierigeres gibt, als eine gewonnene Partie zu gewinnen.

Carl ließ alle Hemmungen fahren. Er opferte einen Bauern und brach einen Gegenangriff vom Zaun. Das war die einzige Aussicht. Die neutralen Zuschauer rieben sich die Hände. Endlich bekam das Spiel Farbe! Jetzt kämpften sie mit offenem Visier! Der Ausgang schien klar, Lasker sollte gewinnen, was meinte Monsieur Hummel?

Hummel starrte auf das Brett wie jemand, der weiß, daß an dieser Stelle gleich eine Bombe explodiert, der man nicht entrinnen kann. Er brachte keinen Ton hervor. Die Meister hatten die Demonstrationsbretter vor dem Café längst verlassen. Albin und seine Kollegen reckten neben dem Spieltisch die Köpfe und traten von einem Fuß auf den anderen.

Der Weltmeister geriet ein wenig in Zeitnot. Er war überrascht, wie wild dieser Haffner zurückzuschlagen vermochte. Lasker zog hastig. Haffner erwiderte in der nächsten Sekunde. Nichts hörte man im Raum außer dem Knacken des Hebels, mit dem nach einem Zug die Uhr des Gegners in Gang gesetzt wurde. Lasker manövrierte mit der Dame. Haffner drang mit seiner Dame tief in Laskers Stellung ein. Lasker zögerte. Hummel rechnete mit angehaltenem Atem einige Varianten durch. Er begriff, daß dem Weltmeister ein schwerer Fehler unterlaufen war. Haffners Damenvorstoß brachte dieses Versehen zutage. Haffner hatte einen unglaublichen, einen wunderbaren Zug gemacht.

Lasker rutschte auf seinem Sessel hin und her. Er hob den Arm, wie um zu ziehen. Er fuhr sich durchs Haar und ließ den Arm wieder sinken. Haffners Gesicht leuchtete. Hummel berechnete weitere Varianten. Gab es denn überhaupt noch eine Verteidigung für Lasker? Hummel fand sie nicht. In ihm blitzte die Erkenntnis auf, was das bedeutete. Für den Bruchteil einer Sekunde war er dem Irrsinn nahe.

Lasker zog seinen Turm zurück. Haffner bot mit seinem Turm Schach und fraß im nächsten Zug einen Bauern. Lasker rief die Dame zur Verteidigung herbei. Mit einem zweizügigen Damenmanöver strickte Haffner das Mattnetz fertig. Lasker sah einige Minuten bewegungslos auf das Brett. Dann legte er seinen König um und stellte die Uhr ab.

Hummel schrie, bis seine Kehle brannte. Niemand rührte sich. Hummel schrie, ohne sich dessen bewußt zu sein. Eine Gestalt sauste an ihm vorbei und stürzte sich auf Haffner. Fähndrich lag auf Haffner und umgarnte ihn. Weiss, Wolf und Albin warfen sich auf die beiden. Diese Bilder rissen die Zuschauer aus ihrer Lähmung. Wer diesen Jubel erlebt hatte, vergaß ihn nie. Der stille, alte Julius Thirring, der Haffner den Weltmeistertitel so innig wünschte wie kaum ein anderer, stand in einer Ecke und kämpfte mit den Tränen. Hummel spritzte Champagner in die Menge. Lasker stahl sich unbemerkt davon.

Zur Hälfte des Wettkampfes führte der Herausforderer mit eins zu null. Für viele war dies eine unfaßbare Sensation. Noch nie war Lasker in einem Wettkampf in Rückstand geraten. Und nun lag er, den nicht wenige als eine Art Übermenschen am Schachbrett betrachteten, ausgerechnet gegen den kleinen scheuen Wiener Meister im Nachteil. Gelang es Haffner, die restlichen fünf Partien unentschieden zu halten oder darin gleich viele Siege wie Lasker zu erzielen, war er der neue Weltmeister.

Hummels nächste Schlagzeile hieß: DIE SONNE IST VOM HIMMEL GEFALLEN.

Bei der Feier, die den Wiener Abschnitt der Weltmeisterschaft beschloß, bekam Carl einen Vorschuß auf seinen Anteil an der Kampfbörse. Damit ging er zu Rothschild. Er wollte seine Schulden begleichen. Rothschild sah ihn so scharf an, daß Carl das Geld wortlos wieder einsteckte. Auch bei Mandl hatte er kein Glück. Alle Kosten trug der Schachklub, erklärte der Präsident. Haffner solle sich nicht darum kümmern. Carl wandte ein, daß der Schachklub von privaten Gönnern finanziert wurde. Wieso mußten diese Idealisten für Carls Mahlzeiten aufkommen?

Mandl verdrehte die Augen. Er packte Carl und schubste ihn in die Richtung, aus der eben Anna, zwei Sektflöten in Händen, auf sie zukam. »Eine Frau treibt ihm seine Dummheiten schon aus«, brummelte er Carl nach.

Anna gratulierte. Leider hatte sie es nicht geschafft, durch die Menge zu drängen, um die Partie zu sehen.

Sie bestand darauf, mit Carl auf seinen Sieg anzustoßen. Ehe sie getrennt wurden, gemahnte sie ihn an sein Versprechen. Sie wollte ihn am nächsten Abend in einem Café treffen. Carl sagte zu allem ja. Er vergaß seine Schulden, er trank Sekt, er ließ sich von Begeisterten durch das Klublokal schleifen. Sein Sieg hatte die funkelnden Seiten seines Wesens für einen Moment geweckt. Er war ein anderer, ein paar Stunden lang, er redete mit Leuten ohne das Gefühl, seine Richter vor sich zu haben.

Am Tag vor seiner Abreise entspannte er sich bei Lina. Sie jausneten zusammen, danach setzte sie sich ans Klavier. Carl ließ seine Gedanken treiben. Der Erfolg über Lasker verzauberte ihn noch immer. Carl dachte über Anna nach. Ihr Anblick verunsicherte ihn nicht mehr so wie zu Anfang. Sie war eine merkwürdige Frau, er konnte sie nicht recht einordnen. Sie war so ungeniert und freizügig, und mutig, vielleicht zu mutig. Er bewunderte die Offenheit, mit der sie Menschen begegnete. Er beneidete sie um ihr Selbstvertrauen auf der Straße, im Gespräch, vor einem Oberkellner. Sie erinnerte ihn aber nicht nur daran, daß er sich selbst mehr Sicherheit wünschte. Vor ihrer Lebendigkeit sehnte er sich danach, sich zu verlieben. Mit diesem Begehren hatte er sich zuletzt vor vielen Jahren befaßt. Er war nicht in Anna verliebt. Für Frauen empfand er nichts, er wußte nicht weshalb. Oder – nur für eine, für die, die ihm gerade seine Lieblingsstücke vorspielte.

Die Wanduhr schlug. Carl sah auf.

»Lina?«

»Stimmt etwas nicht, Lina?«

Sie hatte aufgehört zu spielen. Sie starrte auf die Tasten. Carl kannte das. Zuweilen brach mitten in einer Unterhaltung ausdrucksloses Schweigen über sie herein. Sie sah auf eine Stelle im Raum, eine Viertelstunde, eine halbe Stunde. Nie konnte sie Aufschluß geben, wohin es sie verschlagen hatte. »Lina, du hast geträumt«, sagte Carl stets. Sie sah ihn an mit Augen, die er gerade noch an eine andere Welt verloren hatte, und sagte: »Brauchst du Tee?« oder etwas Ähnliches.

An der Tür klopfte es. Lina rührte sich nicht. Es klopfte erneut. Carl öffnete. Es war eine von Linas Klavierschülerinnen. Carl führte sie ins Zimmer. Das Mädchen schlich gebückt zum Flügel und grüßte. Lina hob den Kopf nicht. Carl legte einen Finger an die Lippen und bedeutete dem Mädchen zu warten. Er schenkte Tee ein, sie setzten sich. Ihre Blicke kreuzten einander kein einziges Mal. Schließlich streckte sich Lina. Sie rieb sich die Augen. »Ah, du bist schon da«, sagte sie freundlich. Das Mädchen sprang auf und knickste. »Grüß Gott, Frau Bauer.«

Lina brachte ihn zur Tür. Sie wünschte ihm Glück für die Reise. »Ob als Weltmeister oder nicht, komm gesund wieder.« Sie umarmten einander. Carl verließ das Haus mit einem unbestimmten Gefühl von Sehnsucht.

Bei seiner Mutter, die eigens für diesen Besuch mit einer Kollegin die Arbeitszeit getauscht hatte, erwartete ihn bereits ein gefüllter Teller. Carl schnitt eine Grimasse. Er aß, weil er sich eine Auseinandersetzung ersparen wollte. Maria legte ein Paket mit frischer Wäsche bereit. Sie hatte einige nützliche Ratschläge für die Reise zur Hand. Sie warnte ihn vor Zugluft, sagte, er solle sich vor der Berliner Küche in acht nehmen, und nannte ihm das geeignetste Versteck für sein Geld. Vor jedem Turnier im Ausland sagte sie das gleiche. Carl dankte ihr für alles. In einem unbeachteten Moment schob er einen Teil seines Preisgeldes unter das Tischtuch. Er sah die öffentlichen Toiletten vor sich. Ihm graute es.

Da Anna die Blumen im Café vergessen hatte, nahm Carl an, doch nicht das passende Geschenk getroffen zu haben. Diesmal kaufte er Naschwerk. Damit konnte man nicht fehlgehen.

Vor seiner Tür stand ein Reporter. Carl schämte sich für seine schäbige Wohnung, doch er mußte ihn hineinbitten. Er beantwortete die Fragen des Mannes. Ja, er freute sich auf den Wettkampf, nein, er war sich nicht sicher zu gewinnen. Nein, er hatte keine politische Meinung. Gott behüte den Kaiser. Die Zeit bis zum Abend schwitzte Carl über Laskers Eröffnungssystem.

Anna kam in Begleitung einiger Freunde. Zwei von ihnen kannte Carl schon. Carl bestellte ein Glas Wasser. Anna fuhr dazwischen. »Bringen Sie dem Herrn...« Es folgte eine Auflistung verschiedener Süßspeisen und Getränke, deren Kombination jedoch jeden Feinschmecker hätte erbleichen lassen. Anna lachte. »Schau nicht so entsetzt«, sagte sie. »Du mußt ja nicht alles essen. Aber koste wenigstens.« Die Runde hielt sich in ihren Bestellungen ebensowenig zurück. Carl wagte nicht aufzubegehren.

Carl betrachtete seine Fingernägel. Die Spitze seiner Zigarre blinkte. Bald konnte er die Einrichtung des Lokals aus dem Gedächtnis nachzeichnen. Anna sprach mit ihm nicht mehr und nicht anders als mit den übrigen am Tisch. Ihre Freunde brachten Carl Interesse entgegen, sie fragten offen nach seinem Leben, plauderten, bezogen ihn unaufdringlich in die Unterhaltung ein. Carl wandte sich den Gesichtern zu. Wenn nur die vielen Torten, Schnitten und Liköre nicht gewesen wären! Allen stand wahrhaftig Schaum vor dem Mund.

Als der Ober keine Schlemmereien mehr an den Tisch trug, forderte Anna den Kreis auf, sich am Naschwerk, das Carl ihr überreicht hatte, zu bedienen. Das irritierte Carl. Die Pralinen hatte er für Anna gekauft, nicht den anderen.

Es wurde noch eine Runde Birnenschnaps getrunken. Ein Freund nach dem anderen verabschiedete sich. Carl blieb mit Anna allein. Er wäre auch gern gegangen, doch das war unhöflich. Er bemühte sich, endlich nicht mehr an die Rechnung zu denken. Er überschlug im Kopf die Summe und erschrak. Er hatte nicht einmal genug Geld bei sich, um seinen eigenen Anteil zu bezahlen.

»Ich habe eine Neuigkeit für dich«, sagte Anna. »Wir werden einander auch in Berlin sehen. Herr Hummel kann nicht fahren, weil er hier mit seinen Zeitungen zuviel Arbeit hat. Er hat mich zu seiner Korrespondentin ernannt.«

»Du? Aber du hast doch ...«

»Keine Ahnung vom Schach? Da hast du allerdings recht. Die Zugnotation beherrsche ich schon, die muß ich Hummel nach jeder Partie telegrafieren. Das und die Beschreibung der Atmosphäre verlangt er. Klingt das schwierig?«

Anna war nicht so redselig wie bei ihrem letzten

Treffen. Sie beobachtete die Leute im Lokal, in dem sie offenbar nicht zum erstenmal war. Der Klavierspieler hatte sie sehr freundlich gegrüßt. An einigen Tischen saßen Frauen ohne Begleitung. Anna bestellte sich Wein. Ab und zu streifte sie Carl mit einem Blick oder wies ihn auf einen Gast hin.

Carl malte sich aus, wie Lina sich in diesem Lokal fühlen würde. Er war mit ihr abends noch nie ausgegangen. Im Grunde beschränkte sich ihr Verhältnis auf die Besuche, die er ihr abstattete. War es für eine Frau überhaupt schicklich, mit ihrem Bruder in Abendlokale zu gehen, wie zwei Verliebte? Was durften Geschwister miteinander tun, ohne Anstand zu erregen?

Carl fragte sich, ob es Annas Anwesenheit war, die ihn ins Grübeln geraten ließ. Er maß sie von der Seite. Sie vertiefte sich in das Mienenspiel der Gäste so konzentriert, als sei es eine Arbeit. Wonach forschte sie? Sie wirkte dennoch entspannt, sie schien sich mit etwas zu beschäftigen, an dem ihr sehr lag.

Als es ans Zahlen ging, fiel es ihm gar nicht so schwer, Anna die Rechnung zu überlassen. Er bot ihr an, sie nach Hause zu bringen. Sie dankte. Sie habe noch einen Weg, sie sähen einander ja am nächsten Tag im Zug.

6

Nach Adalberts Tod holte Maria Carl nicht mehr von der Schule ab. Carl schlich mittags in die Wohnung, küßte seine Mutter und setzte sich an den Tisch. Die ersten Worte sprach er nach dem Essen. Immer lauteten sie gleich. Er bat um die Erlaubnis, Samuel Gold zu besuchen. Maria wandte nichts dagegen ein. Carl umarmte sie, und sie sah ihm zu, wie er sich mit einem Kamm durchs Haar fuhr und in seine Kammer sprang, um gleich darauf mit einem Notizheft aus der Wohnung zu stürzen.

Manchmal hatte Maria Angst. Daß es falsch war, Carl keine Grenzen zu setzen, nicht über seine Schulaufgaben zu wachen. Daß ein Mann im Haus fehlte, der Carl ein Vorbild gab. Aber noch mehr fürchtete sie, den Buben zu verletzen. Was in ihm vorging, konnte man nicht ermessen. Er hatte nicht über Adalberts Tod geweint. Zumindest nicht in ihrer Gegenwart. Nie äußerte er einen Wunsch, außer den, zu Samuel Gold zu gehen. Sonntags blieb er zu Hause und schwieg. Niemand kannte seine Gedanken. Er strebte einzig nach Schach. Das wollte Maria ihm nicht nehmen.

In Golds Buchladen gab es ein enges, niedriges Hinterzimmer, das Carl als der gemütlichste Ort der Welt erschien. Es herrschte ein anheimelndes Durcheinander. Bücher stapelten sich in den Regalen, auf dem Boden, auf dem Tisch. Zigarrenasche bedeckte aufgeschlagene Zeitungen. Überall standen Kaffeeschalen, die niemand abwaschen wollte. Auf einem Fauteuil türmten sich Wäsche, Kochgeschirr, Zeitungen und allerhand Kleinigkeiten wie Schreibpapier, Zahnbürste, Rheumamittel und Faschingsmasken. Leicht stieß man sich irgendwo, und ein paarmal am Tag griff man in einen Fliegenfänger. In einer Ecke qualmte ein undichter Ofen. Darauf bereitete Gold Tee und Kaffee. Die Räume waren so feucht, daß man fast das ganze Jahr hindurch heizen mußte.

Auf dem Tisch war gerade noch für ein Schachbrett Platz. Hier ließ Carl sich von Samuel Gold unterrichten. Gold führte ihn in die Lehrsätze des Weltmeisters Steinitz ein. Er unterwies Carl in der Eröffnungsbehandlung, lehrte Strategie und Taktik. Hin und wieder spielten sie auf Carls Drängen eine ernste Partie. Läutete das Türglöckchen, räumte Gold das Brett ab, schlug ein Buch mit Schachkompositionen auf und suchte nach einem geeigneten Problem für Carl. Wenn er eines gefunden hatte, baute er in aller Ruhe die Stellung auf dem Brett auf. Er sagte, was Carl entdecken mußte. Ein Matt in drei Zügen etwa oder eine Wendung, die für eine Partei das Remis sicherte. Dann erst ging er hinaus, um den Kunden zu bedienen.

Samuel Gold liebte das Schachspiel, wie man die Lyrik oder die Malerei liebt, ohne selbst Künstler zu sein.

An der Betrachtung allein hatte er höchstes Vergnügen. Dem Kampf mit einem Gegner gewann er keinen Reiz ab. Das Schach war für Gold ein kaum erforschtes Land voller Reichtum. Er war der Ansicht, daß ihn eine praktische Partie davon abhielt, auf wichtigeren Gebieten Neues zu erkunden. Dabei dachte er vor allem an das Kunstschach. Doch er beschäftigte sich nicht nur mit Schachproblemen. Auch die Geschichte des Spiels und seine Kultur hatten es ihm angetan. Seine Bibliothek hatte in Wien nicht ihresgleichen. Darüber hinaus schätzte man Gold als Journalisten. Er stellte die Schachseite der *Allgemeinen Sportzeitung* zusammen und war freier Mitarbeiter mehr als zehn weiterer Blätter.

Gold wußte natürlich vom Tod des Geigers Haffner, wenn er auch nicht genau über die Umstände informiert war. Ab und zu kam Carls Mutter in den Buchladen. Sie brachte ihnen eine Jause und fragte, ob Carl nicht zur Last falle. Gold antwortete wahrheitsgemäß, ihm sei die Gesellschaft des Buben sehr angenehm. Er hatte Freude daran, Carls Talent, das er sofort erkannt hatte, zu fördern, seine Kenntnisse zu vertiefen, sein Verständnis des Spiels wachsen zu sehen. Er war überzeugt, die ersten Schritte eines dereinst großen Meisters zu begleiten. Bereits am Vormittag sehnte er den Moment herbei, da der Bub an die Rolläden klopfen würde. Carl verlangte nichts, redete nicht viel, starrte mit roten Ohren begierig auf das Schachbrett, was immer Gold ihm vorsetzte. Und er vertrieb die Einsamkeit, die trotz des Genusses, den er aus dem Spiel zog, ein wenig auf Samuel Gold lastete.

Im Nebel dieses Hinterzimmers in Golds Buchladen, nahe einem Beserlpark und einer Kirche, deren Glocken dann und wann störend in eine Analyse läuteten, versank Carl in der Welt der Drohungen, der theoretischen Remisstellungen und der verlorenen Endspiele. Er dachte an nichts anderes als an Schach. Während der Schulstunden spielte er mittels Papier und Bleistift gegen seine Mitschüler. Sie alle fegte er längst mit Leichtigkeit hinweg. Bevor sie mit ihm spielten, forderten sie, daß er seine Dame oder wenigstens einen Turm ersatzlos ausradierte. Er hatte es schwer, überhaupt noch Gegner zu finden. Immer öfter mußte er sich mit einem Schachbuch über die Langeweile in der Klasse hinweghelfen. Die Lehrer straften ihn, ihn rührte es nicht. Sie waren im wörtlichen Sinn seine Raumgenossen, nicht mehr.

Carls Zeitbegriff war der eines Methusalem. Schachmeister, die seit Jahrzehnten tot waren, kannte Carl nicht bloß beim Namen, er kannte ihre Eröffnungen, ihre Ideen, ihr Spiel, er wußte auch, wie sie aussahen, wie sie gingen, wie und wo sie lebten. Er brauchte sich nicht anzustrengen, um den Geruch zu riechen, der den Spielsaal des Londoner Turniers von 1851 erfüllt hatte. Carl fand nichts Seltsames daran, daß er sich zuweilen mit dem Franzosen Philidor unterhielt, dessen Gebeine seit fast hundert Jahren in der Erde moderten. Alles, was mit Schach zu tun hatte, war für Carl gegenwärtig, und die Lehrer, die mit ihm schrien und ihn vor die Klasse schleiften, waren Figuren in einem Traum, aus dem er auf dem Heimweg allmählich erwachte.

Carl verweigerte sich dem Unterricht ohne böse Absicht, ohne jemals unhöflich oder gar frech zu werden. Wenn man ihn später fragte, ob er in der Schule sitzengeblieben war, konnte er nicht antworten. Er hatte keine Ahnung. Doch, er blieb sitzen, zweimal sogar.

Was Carl nicht früh genug erfuhr: Die Offizierslaufbahn blieb einem schlechten Schüler verwehrt. Aber die Armee lockte ihn ohnedies nicht mehr. Banale Gedanken wie jene an Krieg und den Kaiser kamen ihm nicht in den Sinn. Da gab es nur Platz für Schach. Schach war für Carl ein Zustand. Golds Hinterzimmer war das Paradies. Carl hatte kein festes Ziel, keine anderen Wünsche, er wollte nur in diesem Zustand verharren. Doch nachdem er zum zweitenmal sitzengeblieben war, fand es seine Mutter an der Zeit, etwas zu unternehmen.

So gräßlich es war, daß Adalbert mit einer anderen Frau weggegangen war, das hatte Maria verkraften können. Vielleicht kam er zurück. Ewig hätte sie zu warten vermocht. Wenn sie morgens zum Himmel sah, tröstete sie sich mit der Vorstellung, daß Adalbert gerade das gleiche tat, daß ihre Blicke einander irgendwo kreuzten. Er sah die Sonne, und sie sah die Sonne, im gleichen Augenblick, und das war schön. Das spendete ihr Kraft. Dann legten sie ihn in ein Armengrab, und niemand außer Maria sah die Sonne.

In den ersten Wochen nach Adalberts Tod wohnte Liesl bei Maria. Auch Lechner kam oft. Er machte Besorgungen, half bei schwerer Arbeit, legte Geld auf den Tisch. Ohne die beiden hätte Maria es trotz aller Sorge um Carl nicht geschafft. Lechner ging mit Carl spazieren, und Maria hatte Gelegenheit, ohne jede Zurückhaltung in Liesls Armen zu weinen. Abends betrank sie sich. Liesl und Lechner konnten darin kein Übel erkennen. Sie tranken mit. Es gab Situationen, in denen der Alkohol die stabilste Krücke war. Man durfte sich nur nicht zu lange darauf verlassen.

Während sich des Abends im Zimmer allerhand Szenen abspielten, hockte Carl in seiner Kammer über einem Schachbuch. Lechner fragte sich, wie es in dem Buben aussah, wieviel von den Ereignissen im Zimmer zu ihm drang. Wenn man Tee oder Brot in die Kammer brachte, wandte Carl sich keine Sekunde von seinem Buch ab. Sprach man ihn an, hob er nach einer Weile den Kopf. Sein Blick war starr und glasig, so daß Lechner argwöhnte, der Bub fiebere oder sei vom Wahnsinn geschlagen. Plötzlich erhellte sich Carls Miene. Er lächelte und bedankte sich. Lechner zuckte die Achseln.

Liesl zog zurück in ihre eigene Wohnung. Sie besuchte Maria jedoch weiterhin fast jeden Tag. Maria leerte nur mehr zwei- oder dreimal im Monat eine Flasche. Zumeist wenn ihr Liesl oder Lechner Gesellschaft leisteten. An diesen Tagen verlor sie noch hin und wieder ihre Gelassenheit. Unvermittelt brach sie in Tränen aus, schluchzte und jammerte und raufte sich das Haar. Eines Abends wurde es Lechner zu bunt. Er legte zwei Finger auf Marias Stirn. »Jetzt ist es vorbei«, sagte er mit beschwörender Stimme. »Du brauchst nicht mehr zu weinen. Es ist vorbei. Es ist alles gut.« Er murmelte etwas und drückte seine Finger fest gegen Marias Stirn.

Liesl bezweifelte, daß diese seltsame Formel Marias Bewußtsein erreicht hatte. Sie alle hatten Lechner oft genug mit seinem Hang zur Zauberei aufgezogen.

Er pflegte den Anschein, magische Kräfte zu besitzen, zumindest in verschiedenen Geheimwissenschaften bewandert zu sein. Sensible junge Leute, wenn sie traurig und betrunken waren, schenkten Lechner dankbar Glauben. Liesl nicht. Für sie war Lechner ein liebenswerter Spinner. Als ihr Monate später auffiel, daß sie Maria nicht mehr weinen gesehen hatte, hielt sie es für Zufall. Zur Sicherheit aber schloß sie Lechner in ihr Nachtgebet ein.

Maria wurde die jüngste Abortfrau Wiens. Nachdem sie in der Hoffnung auf Witwenunterstützung von Amt zu Amt gelaufen war, hatte man ihr eine Arbeit in einer öffentlichen Bedürfnisanstalt zugewiesen. Eine unappetitlichere Tätigkeit konnte Maria sich nicht vorstellen. Immerhin mußte sie nicht mehr alle paar Tage losziehen, um sich Näharbeiten zu erbetteln. Das hatte sie die Jahre über gekränkt: daß sie sich allerorts auf Knien dafür bedanken mußte, für einen Hungerlohn anstrengende Arbeit verrichten zu dürfen.

Den Ekel vor ihrer Arbeit in den Toiletten gewöhnte Maria sich bald ab. Etwas anderes machte ihr länger zu schaffen. Die übrigen Abortfrauen waren zahnlose Huren, die die Zeit aus ihrem Beruf vertrieben hatte. Mit diesen verbrauchten, derben Weibern sah Maria sich nun gleichgestellt. Die alten Huren lehnten sie ab, und die Männer, die vom Lokus kamen, machten ihr eindeutige Angebote. Mit beidem lernte Maria umzugehen. Als Jüngste und Hübscheste bekam sie das meiste Trinkgeld. Sie regte an, alles Trinkgeld untereinander aufzuteilen. Damit gewann sie die Huren für sich.

Schwieriger war es, sich gegenüber den Männern von der ehemaligen Profession ihrer Kolleginnen abzugrenzen. Sie versuchte es, schließlich gab sie es auf. Die Huren verfolgten das mit scheelen Blicken. Und die Männer glaubten Maria kein Wort. Also drehte sie den Spieß um. Sie verabredete Zusammenkünfte, die sie nie einhielt, oder schickte die Lüstlinge mit ein paar ordinären Bemerkungen zum Teufel. Über das nötige Vokabular verfügte sie schnell. Sie wunderte sich, wie leicht ihr Zoten von den Lippen gingen. Mit Erstaunen bemerkte Maria, wie rasch man verroht.

Maria richtete es so ein, daß sie mittags für Carl eine Mahlzeit bereiten konnte. Nachdem sie sich mit den Huren arrangiert hatte, gab es mit der Aufteilung der Arbeitszeit keine Schwierigkeiten. Zu Hause zähmte sie ihr Mundwerk. Kein schlüpfriges Wort entglitt ihr, nichts, dessen sie sich vor Carl schämen mußte.

Maria erlangte ihr Selbstvertrauen wieder. Als Carl das zweite Mal sitzenblieb, fühlte sie sich stark genug, seinem Leben eine neue Richtung zu weisen. Sie nahm ihn von der Schule. Freilich gingen dieser Entscheidung Beratungen mit Liesl und Lechner, aber auch mit den Abortkolleginnen voraus. Der Beruf des Schriftsetzers hatte Zukunft, wußten die Huren.

Mit den Stunden bei Samuel Gold hatte es ein Ende. Zwar fand Carl abends noch ab und zu Gelegenheit, den Buchladen zu besuchen. Doch für eine Analyse oder gar eine gemeinsame Partie war die Zeit viel zu knapp. Carl mußte sich damit begnügen, ein durchgearbeitetes Buch zurück ins Regal zu stellen und auf Golds Empfehlung ein anderes in die Tasche zu stecken.

Mit Schachbüchern brachte er seine Nächte zu. Wenn er tiefe und regelmäßige Atemzüge seiner Mutter hörte, zündete er in seiner Kammer eine Kerze an. Er lernte und analysierte, bis ihm die Augen zufielen. In kaum einer Nacht schlief er länger als vier Stunden. »Der Bub sieht aus wie ausgespien«, sagte Lechner, der ein Freund schöner Worte war, bei einem Besuch. Maria pflichtete ihm bei. Sie meinte, daß die Lehre vielleicht doch zu anstrengend für ihn sei. Damit hatte sie auch nicht unrecht. Carl war für einen handwerklichen Beruf völlig ungeeignet. Nicht genug damit, daß er die Schriftgrößen nicht unterscheiden, den Abstand zwischen den Zeilen nicht recht bestimmen konnte, daß er mit den Buchstaben, vor allem mit den verschiedenen s der Frakturschrift, überhaupt nicht zu Rande kam. Es verging kein Tag, an dem Carl nicht wenigstens einmal ein fertiger Bleisatz aus den Händen rutschte und zu Boden fiel. Das trug Carl kräftige Ohrfeigen ein. Noch kräftiger waren die Ohrfeigen, wenn es ihm gelang, den Satz in eine Lade mit anderen Buchstaben zu stürzen. Dann nämlich war nicht allein die Arbeit ruiniert, es mußten die Buchstaben getrennt, die Lade in Ordnung gebracht werden. Einzig mit dem Umstand, daß die Buchstaben gespiegelt zu lesen waren, hatte Carl keine Mühe. Er war froh, wenn er die Werkstatt auskehren durfte. Die Fehler, die er dabei machte, waren seinem Meister keine Hiebe wert.

Zu Carls Glück war sein Meister milde. Bei einem anderen wäre Carl wohl nicht mit gesunden Knochen davongekommen. Nach drei Monaten hatte der Meister ein Einsehen. Ohne Umschweife erklärte er Maria, er sei nicht gewillt, sich länger mit Carl zu plagen – aus diesem Buben werde nie ein Schwarzkünstler. Er ließ Carls Kragen los, an dem er ihn bis vor Marias Tür gezogen hatte, wandte sich wortlos um und ging.

Carl war glücklich. Nun verbrachte er auch die Vormittage in Golds Hinterzimmer. Gold berichtete seinen Freunden, daß in seinem Laden ein Bub saß, der auf dem besten Weg war, ein gewaltiger Spieler zu werden. Man kam und staunte. Besonders die Umsicht, mit der dieser Vierzehnjährige die schwierigsten Stellungen verteidigte, war beispielhaft.

Carl selbst ahnte nichts von seinem Können. Er wollte nur in Golds Buchladen die Partien der Meister studieren. Alles andere kümmerte ihn nicht. Innerlich fluchte er, als ihn seine Mutter erneut diesem himmlischen Zustand entzog. Im Verein mit den Abortfrauen war Maria zu dem Schluß gekommen, daß eine kaufmännische Ausbildung für Carl das beste sei.

Die Handelsschule nahm Carl auch am Nachmittag in Anspruch. Er las unter der Bank Schachbücher. Immerhin war er imstande, auf die Fragen des Lehrers zu antworten. Daß er zumeist reinen Unsinn sprach, betrübte ihn nicht. Er gab irgendeine Antwort, um seinen Lehrer nicht vor den Kopf zu stoßen. Darüber hinaus kannte er keinen Ehrgeiz. Er saß auf seinem Platz, blätterte in einem Buch und freute sich auf den Wettkampf zwischen Gunsberg und Tschigorin, der im darauffolgenden Jahr stattfinden sollte.

Eines Morgens ging Carl nicht zur Schule. Er setzte sich mit einem Werk über Endspiele in den Beserlpark und wartete, bis der Laden aufgesperrt wurde. Er verbrachte den ganzen Tag bei Gold. Das gefiel Carl so gut, daß er am nächsten Tag gleich wieder vor dem Laden stand. Er ärgerte sich, nicht früher auf diesen Einfall gekommen zu sein. Es dauerte keine Woche, und er hatte jeden Gedanken an die Schule verdrängt.

Ein Brief der Schuldirektion setzte Maria in Kenntnis, daß man den Schüler Carl Haffner infolge mehrmonatigen unentschuldigten Fernbleibens leider vom weiteren Schulbesuch ausschließen müsse.

Maria marschierte zu Gold. Als Carl ihre Stimme hörte, rannte er auf der Suche nach einem Versteck in Panik um den Tisch. Er kroch hinter den Fauteuil. Gold rückte seine Krawatte zurecht und ging hinaus. Dort erfuhr er, daß er Frau Haffners Sohn die Zukunft verdarb. Er sei eine Geißel Gottes. Er stifte den Buben zum Schwänzen an. Ob er denn nicht begriff, daß Carl eine Ausbildung brauchte? Wie sollte es der Bub im Leben zu etwas bringen? Er konnte ja nicht bis an das Ende seiner Tage Holzfiguren umherschieben. Gold trug die Schuld. Gold war geistig nicht gesund. »Haben Sie denn kein Gewissen? Wissen Sie eigentlich, wofür man Sie verantwortlich machen muß?«

Der Buchhändler versuchte sie zu beruhigen. Sie hörte nicht auf ihn. Endlich rief er verzweifelt aus: »Aber wenn er es so will!«

Maria verstummte. Gold nutzte diesen Moment, um ihr einen Stuhl anzubieten. Aus dem Hinterzimmer holte er zwei Schalen Kaffee. Carl steckte den Kopf hinter dem Fauteuil hervor. Gold winkte ihm zu, er solle gefälligst in Deckung bleiben.

In der folgenden halben Stunde setzte Gold Maria

seine Ansicht über Carls Lebensweg auseinander. Zunächst erklärte er mit Nachdruck, er habe niemals daran gedacht, Carl von der Schule abzuhalten. Der Bub war stets freiwillig gekommen. Er, Gold, hatte keine Fragen gestellt. Gewiß, dies sei ein Fehler gewesen. Aber er wußte nicht, ob er sich damit eines schweren Vergehens schuldig gemacht hatte. Denn Marias Sohn – Gold senkte die Stimme – war etwas ganz Besonderes.

Gold trank einen Schluck Kaffee und versuchte zu ergründen, welchen Eindruck seine Worte auf Maria gemacht hatten. Er liebte es nicht, zu reden. Er fand, daß man auch abseits des Schachbrettes ganz gut ohne Worte auskam. Vor einem Jahr noch hätte er sich diese Szene erspart. Er hätte sich mit rotem Kopf bei Maria entschuldigt und Carl nach Hause geschickt. In den letzten Monaten jedoch war das Spiel des Buben in einem beinahe unheimlichen Ausmaß gereift. Gold meinte, er habe die Pflicht, der Anwalt dieses Talents zu sein.

»Frau Haffner, bitte glauben Sie nicht, daß ich Ihnen oder Carl Böses will. Ich spiele seit dreißig Jahren Schach. Ungefähr so lange verfolge ich mit höchstem Interesse die Entwicklung des Schachs. Ich habe dreißig Jahre seiner Geschichte erlebt, wie ich aus Büchern über die Geschichte der Jahrhunderte zuvor Bescheid weiß. Die Geschichte erzählt von wenigen Begabungen wie der Ihres Sohnes. Ich persönlich habe so etwas in drei Jahrzehnten nicht gesehen.«

Gold fragte, ob Maria der Rauch seiner Zigarre störe. Er hatte das Gefühl, daß Marias schlimmster Zorn gewichen war. Sie blies in ihren Kaffee und sah Gold ein wenig ungeduldig an. Dieser Blick verunsicherte den Buchhändler wieder. Er verlor den Faden. Eine Weile verirrte er sich in einem zusammenhanglosen Vortrag über die Kultur des königlichen Spiels, der in der Behauptung gipfelte, das Schachspiel veredelte den Charakter. Gold riß sich zusammen. »Sie spielen nicht Schach«, fuhr er fort. »Für Sie ist es unverständlich, wie man seine Energien in ein kariertes Brett stecken kann. Alles eine Frage des Standpunktes. Andere wiederum begreifen nicht, wieso jemand für nichts und wieder nichts Bilder malt, mit Leidenschaft Zähne zieht oder den Talmud studiert. Verstehen Sie mich nicht falsch: Natürlich kann ich Ihr Schaudern nachfühlen. Ihr Sohn spielt Schach, anstatt sich um die Schule zu kümmern.«

»Ihr Sohn spielt Schach, anstatt sich um die Schule zu kümmern, ts, ts«, wiederholte er zerstreut. Er dämpfte seine Zigarre ab.

»Haben Sie ihm schon einmal dabei zugesehen?« rief Gold. »Haben Sie gesehen, wie sein Blick über die Figuren streift? Erkennen Sie die Begeisterung, die Strenge, den sittlichen Ernst, den er dem Spiel widmet? Ich möchte fast sagen, er ist ein Priester seiner Zunft. Er ist besessen von dem Spiel, er liebt es. Und er spielt stark! Ich behaupte, es gibt unter den jungen Schachspielern Wiens keinen, den er nicht besiegt.«

Die Kirchenglocken untermalten Golds Worte. Ein Kunde trat in den Laden. Gold erhob sich.

»Ihrem Sohn, Frau Haffner, wurde ein Talent ohnegleichen in die Wiege gelegt. Ich weiß nicht, ob wir das Recht haben, seine Entfaltung zu behindern. Carl hat Berufung. Er hat Genie.«

Maria konnte nichts erwidern. Ihr Kopf dröhnte von den vielen großen Worten. Sie murmelte einen Dank, ohne im Grunde zu wissen, wofür, und verabschiedete sich. Sie war so verwirrt, daß sie sogar Carl vergaß.

Nachdem Gold seine Kundschaft zufriedengestellt hatte, schritt er ins Hinterzimmer. Er rief Carl aus seinem Versteck.

»Daß du dir das ja nicht zu Kopf steigen läßt!« brummte der Buchhändler. »Ich habe tüchtig übertreiben müssen, um dich zu decken.« Er kniff Carl sanft ins Ohr. »Und jetzt geh heim.«

Am nächsten Tag klopfte es zeitig an den Rolläden. Die Huren schimpften mit Maria. Sie wußten genau, was aus einem wurde, der nichts Rechtes gelernt hatte. Ehe Maria sich versah, rannte Carl in die Revuen und beschützte Fräuleins. Oder er suchte sein Glück in den Karten. So einer konnte nur ein Hallodri werden. Carl stand schon jetzt mit einem Fuß im Kriminal. Maria sollte bedenken, was sie da anrichtete.

Maria zuckte die Schultern und schüttelte den Kopf. Zwar hatte der Buchhändler sie nicht überzeugt, daß Carl seine Zeit sinnvoll verbrachte. Aber er hatte ihr die Kraft ausgeredet, etwas zu ändern. Maria war ja auch nicht blind. Die Wonne auf Carls Gesicht, mit der er sich morgens zu seinem Schachunterricht aufmachte, ließ nur einen Unmenschen ungerührt. Maria blieb die Hoffnung, daß Carls Schachsucht eines Tages von allein schwand, daß er – hoffentlich nicht zu spät! – des Spieles überdrüssig würde.

Monate vergingen. Eines Nachmittags beendete Gold die gemeinsamen Studien früher als sonst. Er schickte

Carl zu Maria, um die Erlaubnis zu erbitten, abends etwas später heimzukommen. Als Carl zum Laden zurückkehrte, zog Gold gerade die Rolläden herunter. »Wir gehen in ein Café.«

Carl war sehr erstaunt, daß es in jenem Café auch ein Hinterzimmer gab. Dort reihten sich gut zwanzig Tische, die von Schachbrettern geschmückt wurden. Kein Brett war unbesetzt, jeden Tisch umlagerten Kiebitze. Carls Herz schlug schneller. Seine Augen weiteten sich. Er starrte voller Gier auf die Bretter.

Gold stellte ihn einigen Leuten vor. Carl grüßte schüchtern. Obwohl man ihn allseits freundlich aufnahm, war er doch froh, als ihn gleich ein Herr zu einer Partie aufforderte. Gold schaffte ein Brett herbei. Nach ein paar Zügen wich Carls Verlegenheit. Hier, unter mächtigen Kronleuchtern, an einem samtbezogenen Tisch, inmitten einer Schar von Schachspielern fühlte er sich nicht weniger wohl als in Golds Buchladen.

Der Heimweg war wie ein Traum. Am Himmel leuchtete und blinkte es. Carl hatte zum erstenmal das Gefühl, daß man die Straßenlaternen auch für ihn angezündet hatte. Mit den Spaziergängern und Fiakerkutschern fühlte er sich verbunden. Er hatte nicht nur einen neuen Platz unter den Menschen auf der Straße, er trug etwas in sich, um das sie ihn beneiden mußten. Er war ihnen so nahe und zugleich so fern wie nie zuvor.

Gold begleitete Carl einige Monate lang in das Café. Eines Nachmittags regte Carl wieder einen Besuch an. Gold hatte keine Zeit, er mußte ja auch sein Geschäft führen. Carl solle allein gehen. Das wollte dieser nicht. Er hatte Angst, ohne Gold nicht erwünscht zu sein. Der

Buchhändler winkte ab. Carl rede Unsinn, er solle ruhig gehen.

Carl strich eine Weile um das Café. Zweimal stand er vor der Tür, zweimal zog er sich zurück. Endlich faßte er Mut und trat ein. Er wurde herzlich begrüßt. Sofort forderte ihn jemand zu einer Partie heraus. Nach diesem Abend scheute Carl nicht mehr davor zurück, sich ohne den Beistand des Buchhändlers mit den Schachgrößen des Lokals zu messen.

Die Abende im Café machten Carl das Problem des Broterwerbs bewußt. Seine Taschen waren leer. Er litt darunter, sich keinen Kaffee leisten zu können. Er war auf die Gnade des Oberkellners angewiesen, der ihn jederzeit hinauswerfen konnte. Die Mutter um Geld zu bitten brachte Carl nicht fertig.

Er suchte sich Arbeit. Eine große Firma nahm ihn auf. Tagsüber trug Carl Pakete, abends wärmte er sich im Café. Es war schwere Arbeit. Aber um in Ruhe im Café sitzen zu können, verzichtete Carl auf alle Bequemlichkeit und sogar auf die Besuche im Buchladen. Maria hatte keine Freude daran, daß Carl die halbe Nacht in Cafés verbrachte. Die Tatsache jedoch, daß er in einer Firma arbeitete, minderte ihre Sorgen beträchtlich.

Zu dieser Zeit kam einmal Meister Englisch, eine Wiener Berühmtheit, in das Schach-Café. Man wies ihn auf den jungen Mann hin, den niemand mehr zu schlagen vermochte. Englisch spielte mit Carl einige Partien. Er gewann keine einzige. Als er erfuhr, daß Carl achtzehn Jahre alt war und das Lokal seit etwa zwei Jahren beehrte, rief er mit Donnerstimme: »Wieso erfahre ich davon erst heute? Meine Herrschaften, sind Sie verrückt?« Zu Carl sagte er: »Sie, junger Freund, kommen morgen abend in die Wiener Schachgesellschaft. Sie kennen die Adresse nicht? Man wird Sie hinbringen.«

Englisch gelang es, am nächsten Abend die führenden Meister Wiens in der Schachgesellschaft zu versammeln. Das Wort des grimmigen Englisch hatte Gewicht. Man war gespannt, welche Begabung der Nestor des Wiener Schachs entdeckt hatte. Carl enttäuschte die Erwartungen nicht. Zwar verlor er einige Partien, doch er spielte sauber und besiegte zwei der stärksten Meister.

Noch am selben Abend wurde Carl in den Verein aufgenommen, wobei man ihn mit Rücksicht auf seine materielle Lage von der Entrichtung des Mitgliedsbeitrages entband. Englisch lief tagelang mit Siegermiene umher und ließ sich zu seinem scharfen Blick für Talente gratulieren. Der Name Haffner fiel in den Wiener Schach-Cafés wie eine frohe Botschaft.

Im darauffolgenden Monat wanderte Samuel Gold nach Amerika aus. Er eröffnete Carl, daß er nicht gewillt war zu warten, bis Pogrome wie die im Osten auch in Wien zu einer beliebten Veranstaltung gerieten. Das Wort Pogrom hatte Carl nie zuvor gehört. Golds Abreise war für ihn unverständlich, ungeheuerlich. Carl geleitete seinen Freund zum Zug. Der Buchhändler wollte sich in Hamburg nach Amerika einschiffen.

Zu Hause sperrte Carl sich in seiner Kammer ein und weinte. Am Tag darauf ging er nicht zur Arbeit. Eine Woche heulte er nachts wie ein Kind. Amerika das war nicht mehr auf dieser Welt. Gold hinterließ Carl einige Kisten mit Büchern und die Leitung der Schachseite in der *Allgemeinen Sportzeitung.*

Die Wiener Schachschule nahm Carl in die Pflicht. Der Begriff der Wiener Schachschule flaggte auf den Tischen jener fünf bis zehn Meister der Stadt, die zwar enorm starke Spieler waren, aber doch nicht zur absoluten Weltspitze zählten. Sie wünschten sich nichts sehnlicher, als daß ihre Schule als führend in der Welt anerkannt wurde. Aus ihrer Sicht fehlte dazu nicht mehr viel. Kein anderes Land hatte eine solche Anzahl starker Spieler in seinen Reihen. Woran es der Wiener Schachschule einzig mangelte, war ein ganz Großer, einer, der den drei oder fünf Allerbesten der Welt das Wasser reichen konnte. Und nun war dieser Haffner aufgetaucht. Ihn mußten sie aufbauen, ihm mußten sie alles beibringen, was sie wußten. Wenn er in ein paar Jahren ihre Stärke erlangt hatte, konnte er sich alleine weiterentwickeln – ganz nach oben, ganz an die Spitze. Dann war Wien endgültig die Metropole des Schachs.

Carl mußte seine Arbeit aufgeben. Einige Meister überließen ihm ihre Kolumnen in verschiedenen Zeitungen, damit er leben konnte und sich nur mit Schach zu beschäftigen brauchte. Carl wurde kaum nach seiner Meinung gefragt. Aber er hatte ohnedies nichts gegen diese Maßnahmen einzuwenden.

An die zehn Stunden am Tag hatte Carl mit Schach zu tun. Er stellte Zeitungsseiten zusammen, schrieb Kolumnen – er war nicht gerade ein brillanter Stilist, doch das störte niemanden –, und er analysierte und kämpfte mit den Meistern der Wiener Schachgesellschaft. Drei Monate nach seinem Eintritt in den Verein spielte er dort nahezu alles in Grund und Boden. Er schien von Stunde zu Stunde stärker zu werden. Er zeigte ein so furioses Schach, daß man einen Wettkampf gegen den besten Meister Wiens, Georg Hummel, ansetzte. Mäzene stellten eine für den inoffiziellen Anlaß nicht geringe Kampfbörse bereit.

Die erste Partie endete unentschieden. Die zweite Partie endete unentschieden. Die dritte Partie endete unentschieden. Es folgten die vierte, die fünfte, die sechste, die siebte, die achte, die neunte, die zehnte Partie, sie wurden alle Remis. Die Wiener Meister fotografierten Carl, unterschrieben auf der Rückseite des Bildes und schickten dieses ohne eine Zeile der Erklärung an einen Schachklub in Prag, der Stadt, aus der Weltmeister Steinitz stammte.

7

Die Reise nach Berlin traten gemeinsam mit Carl die Meister Fähndrich, Horak und Wolf sowie zwei Hilfssekretäre des Wiener Schachklubs an. Unter Carls Begleitern herrschte Hochstimmung. Man feierte zum wiederholtenmal den Sieg in der fünften Partie. Der bullige Horak spritzte Sekt durch das Abteil. Wenn man Fähndrich Glauben schenken durfte, war Carl bereits Weltmeister. Fähndrich war in der Aufregung des Wettkampfes gegenüber Carl vom Sie zum Du übergegangen. Er hielt Carls Hand und beteuerte: »Du hast ihn erwischt! Er wird sich bei dir den Kopf einrennen!«

Mit zerstreutem Lächeln dankte Carl für die Toasts, die Horak und Wolf auf ihn ausbrachten. Ihm war nicht nach Feiern zumute. Die Leichtigkeit der vergangenen Tage war gewichen. Carl hatte die letzte Partie gegen Lasker lange analysiert. Er wußte, daß er nur gewonnen hatte, weil dem Weltmeister ein dummer, unerklärlicher Fehler unterlaufen war. Sein Gegner hatte Carl den Punkt mehr oder weniger geschenkt. Es war ein Pyrrhussieg. Doch das schien niemand außer Carl zu bemerken.

Nach drei Stunden Fahrt und etwa doppelt so vielen Flaschen Sekt waren die Hilfssekretäre unpäßlich. Horak und Wolf spielten eine Blindpartie. Mit stumpfer Miene raunten sie einander Züge zu. Alle paar Minuten stritten sie sich wegen eines angeblich unmöglichen Manövers. Fähndrich war eingeschlafen. Carl drängte es an die frische Luft. Er trat über einen zu Boden gekippten Hilfssekretär hinweg aus dem Abteil. Auf dem Gang öffnete er ein Fenster und streckte das Gesicht in den Wind.

Mit einemmal spürte er wieder Nervosität. Während des bisherigen Wettkampfes war ihm nicht bang gewesen. Wenn fast jeden Tag ein Spiel angesetzt war, Carl jeden Tag in Analysen versank, hatte er keine Zeit nachzudenken. Nun hatte er Zeit.

Sein Erfolg in den ersten fünf Partien war Carl ganz unerklärlich. Er fürchtete, alle fünf weiteren Partien zu verlieren. Er verfluchte das Pfeifen der Lokomotive, das monotone Rattern unter seinen Füßen, das ihn der drohenden Niederlage näher brachte. Am liebsten hätte er sich an der Notbremse festgehalten.

Jemand tippte ihn an. Anna begrüßte den überraschten Carl mit warmem Lächeln. »Ich habe verschlafen«, sagte sie. »Um ein Haar hätte ich den Zug versäumt. Wie fühlst du dich?«

»Ganz gut, danke.«

»Ja, so siehst du aus, du trägst ein gesundes Weiß im Gesicht. Ist in deinem Abteil noch Platz? In meinem sitzt ein Oberleutnant, der mich unbedingt verführen will. Ich habe ihn gewarnt, daß er sich anstecken werde, aber er läßt sich nicht davon abbringen.«

Carls Gesicht wechselte vor Scham die Farbe. Ohne Anna anzusehen, wies er auf sein Abteil. »Bei uns ist leider nichts frei, das heißt, vielleicht ...«

Anna steckte den Kopf in das Abteil. Laute Begeisterung empfing sie. Sie schloß die Tür wieder. »Also deshalb siehst du so mitgenommen aus.«

Horak und Wolf waren außer sich vor Freude über den Besuch. Flugs trugen sie mit Unterstützung des Schaffners die Hilfssekretäre in den Schlafwagen. Anna bekam einen Fensterplatz. Sie trank nicht mehr als zwei Glas Sekt, obwohl Horak ihr versicherte, daß ein weiteres nicht schaden konnte. Sie mußte ihr Trinkgefäß mit Vehemenz gegen die schwankenden Angriffe seines Armes verteidigen. Horak und Wolf unternahmen alles, um Anna die Fahrt angenehm zu gestalten. Sie erzählten Anekdoten und überboten einander in Höflichkeit. Anna amüsierte sich sehr. Sie zückte Papier und Bleistift. Dies wurde ihr erstes Stimmungsbild für Hummel.

Carl sah ständig Laskers Habichtsgesicht vor sich. Er zog die Schuhe aus, bemerkte aber im letzten Moment die Löcher in seinen Strümpfen. Er kauerte sich in seinem Sitz zusammen und schlief ein.

Am Bahnhof erwartete Carl ein Vertreter der Berliner Schachgesellschaft. Dieser brachte Carl und Fähndrich mit einem Automobil zum Hotel Kaiser. Dort waren Zimmer für die beiden reserviert. Die übrigen Gäste aus Wien mußten sich ihre Unterkunft selbst suchen. Die Kosten für den Aufenthalt der Wettstreiter und ihrer Sekundanten trug die Berliner Schachgesellschaft. Für Horak, Wolf und die Sekretäre bezahlte Freiherr von Rothschild. Annas Spesen deckte die *Neue Freie Presse.*

Carl hatte Berlin schon einmal besucht, zum Meisterturnier von 1897. Er schätzte die Stadt nicht sehr, mochte überhaupt keine andere Stadt als Wien, weil er sich in der Fremde nicht auskannte. Deshalb lehnte er auch die Aufforderung des aufgekratzten Fähndrich zu einem Spaziergang ab. Carl schloß sich in seinem Zimmer ein. Dieses war geräumig und hell. Ein breites Bett stand darin, ein stabiler, nobler Eichentisch, auf dem Carls Schachbrett und seine Analysemanuskripte Platz fanden, und es gab sogar ein eigenes Wasserklosett. Der Boden war mit einem Teppich ausgelegt. Selten zuvor hatte man Carl bei einer Schachveranstaltung so vornehm einquartiert.

Carl prüfte Laskers Eröffnungsvarianten der zweiten und vierten Partie, bis ihn ein Vertreter der Berliner Schachgesellschaft abholte. Sie fuhren zum Hotel de Rome, dem Wettkampfort. Dr. Lewitt, der Präsident des Berliner Klubs, hieß Carl und Fähndrich willkommen. Er zeigte ihnen den Spielsaal. In der Mitte des Raumes hatte man ein Podium aufgebaut. Zuschauer durften sich im Raum frei bewegen, nicht aber das Podest betreten.

Carl war vor Aufregung übel. Das Podest betrachtete er wie ein Schafott. Nachdem ihm Dr. Lewitt gesagt hatte, wann am nächsten Tag die Eröffnungsfeier stattfinden würde, bat Carl ungelenk um Entschuldigung. Er sei von der Reise erschöpft, wolle sich ausruhen. Er ließ sich geradewegs zurück zum Hotel Kaiser bringen. Er hastete auf sein Zimmer und versperrte die

Tür, als würde auf der Treppe geschossen. Der Anblick des Schachbrettes spendete ihm Ruhe und Trost.

Spät am Abend klopfte Fähndrich. Carl öffnete mit umschatteten Augen und zerzaustem Haar.

»Che cosa fai, maestro? Komm mit. Wir brauchen etwas zu essen. Beeile dich, sonst bekommen wir nichts mehr. Was heißt, du hast keinen Hunger? Unmöglich! Kommst du nun? Auf keinen Fall? Wie du willst. Gib acht, daß sich die Stellungen nicht in deine Netzhaut einbrennen.«

Vor der Portiersloge warteten Anna und der Rest der Wiener Delegation. Fähndrich wies einen Hotelbediensteten an, unbedingt dafür zu sorgen, daß dem Schachmeister Haffner noch heute abend eine warme Mahlzeit auf das Zimmer gebracht werde. Er meinte, mehr könne er für den starrköpfigen Haffner an diesem Tag nicht tun.

Anna lief nach oben. Sie kratzte am Holz der Tür und miaute. Carl ließ sich Zeit. Sie miaute lauter. Da sich hinter der Tür noch immer nichts regte, verwandelte sich die Katze in einen Tiger, der Anstalten machte, die Türschnalle aufzufressen.

Carl öffnete. »Was ist los?« fragte Anna. »Willst du hier oben verhungern?«

»Ich bin nicht hungrig, nein.«

»Du hast zwanzig Stunden nichts gegessen, es sei denn, du hast heimlich genascht, was ich nicht glaube. Das ist ungesund, so lange nichts zu sich zu nehmen. Jetzt komm.« Sie streckte die Hand aus.

»Ich bin satt, ich habe noch zu tun. Bitte, es tut mir leid.«

Anna ließ den Arm sinken. Sie wandte den Blick nicht von Carls Gesicht. Sie hatte etwas Derartiges nie zuvor gesehen. Carl blickte sie an, doch was immer er gerade wahrnahm, mit Anna hatte es wenig zu tun. Anna kannte die Leidenschaft eines Malers. Sie wußte, wie entrückt ein Musiker sich seinem Instrument widmete. Sie hatte erlebt, mit welcher Hingabe Weise aus dem Osten sich in geheimnisvolle Zustände versetzten, und der Blick Verrückter und Berauschter war ihr vertraut. Carls Ausdruck war ein ganz anderer, ein Zusammenspiel von Besessenheit, Furcht und Trauer. Es war nicht die Besessenheit eines Künstlers, sondern die eines wirklich Kranken, es war die Furcht eines streng gehaltenen Hundes und die Trauer eines Blinden. Mit seltener Scheu wünschte Anna gute Nacht.

Während Fähndrich und die anderen in Lokalen saßen, die sie in Begleitung einer Dame gerade noch besuchen zu dürfen meinten, rieb Carl sich über dem Schachbrett die Schläfen. Er suchte nach einer Verbesserung der in der vierten Partie gewählten Eröffnung. Er fand sie um halb zwei Uhr früh. Um halb drei erinnerte er sich an das Fleisch mit Kraut, das er irgendwann an der Tür in Empfang genommen hatte. Es war trocken und kalt. Er stellte den Teller auf das Bett. Wieder wurde ihm Laskers Größe bewußt. Carl war knapp daran, sich zu übergeben. Rauchschwaden von den ungezählten Zigaretten trieben durch das Zimmer. Carl machte das Fenster auf. Er wandte sich der zweiten Partie zu. Die Verbesserung dieser Variante entdeckte er um halb fünf. Nachdem er sich noch eine Weile mit Laskers Endspielführung auseinandergesetzt hatte, bemerkte er, daß seine Zähne klapperten und daß er am ganzen Leib fror. Er schloß das Fenster. Er schlief in seinem Stuhl ein.

Beim Frühstück in dem lichtdurchfluteten, gut beheizten Speisesaal des Hotels schilderte Fähndrich einige Erlebnisse der vergangenen Nacht. Carl hörte kaum hin. Fähndrich hatte einen schweren Kopf. Er merkte erst nach etlichen Tassen Kaffee und Brötchen, daß mit Carl etwas nicht stimmte. Er sah die schwarzen Ringe unter Carls Augen, das Zucken der Gesichtsmuskeln, die Hand, die den Kaffee verschüttete. »Herrgott!« stöhnte Fähndrich. »Hast du uns etwa doch begleitet, und ich kann mich nur nicht erinnern?«

Fähndrich begann sich laut Vorwürfe zu machen. Es war eine Schande, wie er seine Pflichten als Sekundant vernachlässigt hatte. Anstatt über Carls Nachtruhe zu wachen, goß er in Revuen Wein und Likör in sich hinein. Die Zugfahrt mußte ihm das Hirn aus dem Kopf gebeutelt haben. Er verfluchte den Einfluß der Stadt und seine eigene Unzuverlässigkeit. Er gebärdete sich derart, daß schließlich Carl, dessen Gedärme vor Aufregung murrten, seinerseits ihn beschwichtigen mußte, bis es Zeit war aufzubrechen.

»Jetzt hast du schon wieder nichts gegessen!« rief Fähndrich. Carl winkte mit beiden Händen ab. Er verließ den Saal im Laufschritt. Fähndrich packte ein paar Brötchen in eine Serviette und folgte Carl.

Der Andrang im Hotel de Rome war groß, wenn auch nicht so groß wie in Wien. Zudem hieß der Lokalmatador Lasker, während Carls Gesicht hier nur wenigen vertraut war. Ohne Schwierigkeiten gelangten Carl und

Fähndrich hinter die Schnur, die das Rednerpult und die Tische mit dem kalten Buffet absperrte. Dr. Lewitt begrüßte Carl und machte ihn mit den übrigen Organisatoren bekannt. Etwas abseits stand Lasker im Gespräch mit Meister Mieses. Als Carl die markante Gestalt seines Gegners erblickte, wurde ihm heiß, und sein Herz klopfte wild. Aber auch Lasker wirkte ungewöhnlich angespannt. Beim Handschlag sah er Carl nicht in die Augen. Er strahlte nicht die Zuversicht von Wien aus, fand Anna, die hinter der Trennschnur in der ersten Zuschauerreihe mit der Müdigkeit rang, er schien ein wenig langsam und nicht so selbstbewußt wie noch vor einer Woche. Anna winkte Carl zu. Er sah sie nicht.

Dr. Lewitt klatschte in die Hände. Das Murmeln im Saal verebbte. Dr. Lewitt hieß alle Anwesenden im Namen der Berliner Schachgesellschaft willkommen. Nach weiteren Floskeln wandte er sich Lasker zu. Auf die Rede, die er nun hielt, war er sehr stolz. Er hatte sie selbst geschrieben, auswendig gelernt und tagelang vor einem Spiegel geübt.

»Verehrter Herr Dr. Lasker! In Wien sind Sie uns bisher spanisch gekommen, wollen Sie es daher von der humoristischen Seite auffassen, wenn auch ich zu Ihnen, dem Mathematiker, in einer Ihnen geläufigen Sprache rede, wenn ich mit einigen mathematischen Begriffen jongliere. Sie befinden sich hier in einem Kreis von Schachfreunden, die gespannt auf Ihre Leistungen warten. Wir haben es mit zwei bekannten Größen zu tun und wollen eine unbekannte dritte ermitteln, den zukünftigen Sieger. Wollen wir diesen mit Hilfe der Wahrscheinlichkeitsrechnung suchen, so könnte man leicht in die Brüche kommen. Dabei muß ich unwillkürlich an den Zähler denken, den Ihnen Ihr gefährlicher Rivale in raffinierter Weise abgeknöpft hat ...«

In der Folge erwähnte Dr. Lewitt Feuerbachs Lehrsatz, sprach von Parallelen und betonte, daß eine gerade Linie der kürzeste Weg zum Erfolg sei. Die Heiterkeit im Publikum schmeichelte ihm sichtlich. Er verneigte sich knapp und dankte mit schmallippigem Lächeln für den Applaus.

»Um nicht auf die schiefe Ebene zu geraten, will ich das Wort an unseren zweiten Gast richten.« Dr. Lewitt pries Carls Bescheidenheit und dessen Verdienste als Glossator in der *Deutschen Schachzeitung*. Er bedauerte, daß Carl nicht von Georg Hummel, dem urgemütlichsten aller Wiener Meister, begleitet wurde. Dann zitierte er aus einer Zeitschrift, wie Weltmeister Lasker Carl vor Jahren charakterisiert hatte: »Der Österreicher Haffner hat zwar die Befähigung für einen Weltmeisterschaftskampf, aber eben nur die Befähigung – weiter nichts. Er ist ein Mann, der ein ruhiges Leben liebt. Er hat nicht den Willen, sich vorzudrängen ...«

Damit war die Präsentation des Herausforderers beendet. Carl war nicht gekränkt. Er hatte kein Wort der Reden wahrgenommen. Sein Hemd klebte ihm kalt am Rücken. Er spürte die Beine nicht. Er wünschte sich einzig, am Brett zu sitzen und die Partie hinter sich zu bringen. Dann aber hörte er von einer goldenen Uhr. Er wurde aufmerksam. Dr. Lewitt teilte mit, daß Herr Hugo Jackson, der in Berlin ein Geschäft mit kunstgewerblichen Gegenständen betrieb, eine goldene Uhr für den Sieger des Wettkampfes ausgesetzt hatte.

Carl lief es kalt über den Rücken vor Ergriffenheit, als er sich vorstellte, wie er Lina diese Uhr als Geschenk überreichte. Im nächsten Moment jedoch fiel ihm ein, daß gar keine Aussicht bestand, die Uhr zu erringen. Carl begann wieder zu schwitzen. Seine Ohren glühten, ihm war übel.

Für die Zeit des Buffets wurde die Trennschnur beseitigt. Einige Berliner Honoratioren machten Carl ihre Aufwartung. Auch Anna und Horak traten hinzu. Carl war nicht ansprechbar. Mit glasigen Augen drückte er allen die Hand. Anna bezweifelte, daß er die Gesichter auseinanderhalten konnte. Ein Brot, das Fähndrich ihm aufgedrängt hatte, trocknete zwischen Carls Fingern. Plötzlich veränderte sich sein Ausdruck. Carl stürzte zum Buffet. Binnen weniger Minuten trank er zwei Liter Fruchtsaft. Anna und Fähndrich blickten einander verständnislos an. Fähndrich zuckte die Schultern. Carl flüchtete auf die Toilette. Fähndrich gelang es, ihn gerade rechtzeitig zur Partie herauszuholen.

Die Krise war überwunden. Wie bereits in Wien beruhigte Carl der Trott zwischen Partie und fast pausenloser Analyse. Er kam nicht dazu, über eine mögliche Niederlage nachzudenken. Sein unverändert starkes Spiel tat dazu das Seinige. Er hielt die sechste und auch die siebente Partie unentschieden. Dies überraschte beinahe mehr als der Sieg in Wien. Allgemein hatte man angenommen, daß der Österreicher in Berlin zusammenbrechen würde. Nun war das Gegenteil der Fall. Ein Zeitungskommentator schrieb scherzhaft, Haffner schien seit Beginn des Wettkampfes um fünf Zentimeter gewachsen zu sein.

Jeder Reisezug brachte Schachmeister nach Berlin, offizielle Berichterstatter oder Neugierige. Es wurde ein Fest. Die Schachwelt versammelte sich in der deutschen Hauptstadt. Der Sensation dieses Wettkampfes wollte mit einemmal jeder beiwohnen. Die Wetteinsätze stiegen. Mit genauen Prognosen hielt man sich etwas mehr zurück. Den Sieg traute man Haffner allerdings nicht zu. Lasker würde seine sonderbare Lähmung abschütteln und mindestens zwei der letzten drei Partien gewinnen. Hier und da aber wurde zumindest mit dem Gedanken an einen neuen Weltmeister gespielt. Carl Haffner als Schachweltmeister – das war, als übernahm ein Arbeiterführer das Kommando in Schönbrunn.

Anna erhielt von Georg Hummel Telegramme so verworrenen Inhalts, daß sie sich halb im Ernst fragte, ob dieser Wettkampf dem Geisteszustand ihres Auftraggebers schadete. Einige dieser Schreiben waren an Carl gerichtet. Anna händigte sie jedoch nicht aus, weil sie keine Aufmunterungen im eigentlichen Sinn, sondern phantastische Absurditäten enthielten, die Carl höchstens ablenken oder gar nervös machen konnten. Von Julius Caesar und Alexander dem Großen war darin die Rede, unter dem Titel »Wiener Triumphe« verstieg Hummel sich in eine kostspielige und ebenso großspurige Abhandlung über die Schachtradition in Wien, und wie jenes Telegramm, in dem Hummel die Schachgöttin Caissa mit dem Anarchisten Michael Bakunin verheiratete, durch die Zensur gerutscht war, konnten sich weder Anna noch Horak und Wolf erklären.

Wenige Stunden, nachdem Carl auch die achte Partie unentschieden gehalten hatte, übergab ein Eilbote – naserümpfend, wie Anna meinte – Anna ein weiteres Telegramm. Sie las: »geehrter telegraphist – stop – zeichnen sie einen fetten angeheiterten grinsenden mann mit zigarre und geballter faust – stop – die faust sei riesig – stop – brumm brumm«.

8

Am Tag der neunten Partie traf jene Ausgabe der *Neuen Freien Presse* in Berlin ein, die Annas Stimmungsbild der Zugfahrt enthielt. Hummel hatte keinen Beistrich daran geändert.

Die Hilfssekretäre ließen die Zeitung fallen und stahlen sich davon. Horak fuchtelte mit der Zeitung vor Annas Augen. »Was soll das heißen?« zischte er mit rotem Gesicht. *»Zu vorgerückter Stunde lud einer der begleitenden Meister die Verfasserin zu einem Besuch des Schlafwagens ein ...* – Was unterstellen Sie mir da? Ich wollte nach dem Befinden unserer Sekretäre sehen! Das wissen Sie doch!«

»Das weiß ich nicht«, sagte Anna freundlich. »Aber es steht ohnehin nichts Gegenteiliges in dem Artikel.«

»Na! Von den Sekretären liest man in diesem Zusammenhang jedenfalls nichts! Da denkt doch jeder ...«

»Die Sekretäre erwähnten Sie nicht. Sie rollten die Augen und versuchten, mich zu einem Ausflug in den Schlafwagen zu überreden. Mehr habe ich nicht geschrieben. Eher weniger.«

Horak stieß einen derben Fluch aus. Ohne Anna anzusehen, drehte er sich auf dem Absatz um. Die Zeitung stopfte er in einen Papierkorb. Anna sah ihm belustigt nach, wie er mit soldatischen Schritten das Foyer des Hotels de Rome verließ, wo sie jeden Morgen auf Post und Zeitungen warteten. Sie fragte sich, wie Horak erst den Artikel über jene Nacht in den Revuen aufnahm, der noch nicht erschienen war.

Mit diesen Berichten wollte sie ihm und den anderen beileibe nichts antun. Hummel hatte Stimmungsbilder verlangt, die lieferte sie. Hummel gratulierte ihr sogar zu jedem Artikel telegraphisch. Sie schrieb das, was sie sah, und sie ließ mit diskreten Andeutungen ein wenig hinter die Kulissen dieser Reise blicken. Horak hatte von Anna offenbar eine Art solidarisches Schweigen erwartet. Daß sie auch mit einer vierzehnjährigen polnischen Bauchtänzerin mitfühlte, war ihm nicht in den Sinn gekommen. Das wußte er, wenn er den Revueartikel las.

Anna hatte sich nur an den ersten zwei Tagen im Kreis der Wiener Delegation bewegt. Von da an erforschte sie die Stadt ohne Begleitung der Schachmeister. Sie besuchte Ausstellungen und Konzerte, sie ging ins Theater und auf den Fußballplatz. Über alles schrieb sie, nicht bloß für Hummel. Ein Freund hatte ihr die Adresse eines sozialistischen Diskussionszirkels genannt. Dort schloß Anna Bekanntschaft mit einem Buchdrucker, der ihr an den folgenden Abenden als Fremdenführer diente.

Hummels Auftrag kam neben all ihren anderen Interessen nicht zu kurz. Anna sprach mit Dr. Lewitt und anderen Vertretern des Berliner Schachlebens, mit Lasker selbst sowie mit fast allen Meistern, die im Hotel de Rome das Podest umstanden. Dabei versuchte sie, vom Thema Schach abzulenken und über Allgemeineres zu reden. Sie erkundete das Weltbild der Schachmeister. Sie wollte wissen, ob es vielleicht außerhalb des Spieles etwas gab, das diese Leute gemeinsam hatten.

Die meisten waren verschlossene Menschen. Was Offenheit für die Welt abseits der vierundsechzig Felder betraf, stellten Charaktere wie die oberflächlichen, doch lebenslustigen Horak und Wolf Ausnahmen dar. Die Meister aus allen Ländern, mit denen Anna sprach, wußten zu einer Unterhaltung über andere Dinge als Eröffnung, Mittelspiel und Endspiel nicht allzuviel beizutragen. Während der Partien starrten sie auf das Brett oder auf die mannshohe Schautafel, pafften ihre Zigarren, flüsterten dem Nachbarn ihre Überlegungen zu und äußerten sich nur unzusammenhängend über persönliches Wohl und private Umstände. Das war noch verständlich. Die Partien waren spannend. Nachdem aber Lasker und Haffner ein Spiel beendet hatten, konnte man den Zuschauern noch immer kein vernünftiges Wort entlocken. Sie hüllten sich in Rauchwolken und debattierten über dieses und jenes Manöver. Traf Anna einen dieser Meister Stunden später, war es auch nicht besser. Sie entschloß sich zu einem kühnen Vorstoß.

»Meister Lipke, was kostet ein Liter Milch?« fragte sie unschuldig.

Meister Lipke entschuldigte sich mit naiver Galanterie. Er riet Anna, einen der Organisatoren zu fragen. Anna bat einen anderen Meister um Auskunft. Der sah sie an, als hätte sie ihn gefragt, wieso aus dem vereisten Springbrunnen vor dem Haus keine Salzsäure floß. Der dritte zuckte die Schultern, der vierte wollte sie zu einem Glas Milch einladen, der fünfte nannte eine astronomische Zahl.

Anna staunte jeden Tag aufs neue über die Fähigkeit dieser Leute, ein Schachbrett als das einzig Wirkliche zu betrachten. Sie waren besessen wie Kinder. Schach, und nur das Schach hatte Gewalt über ihre Gefühle. Viele der Meister waren verheiratet. Anna ging so weit, die Substanz ihrer Ehen anzuzweifeln. Diese Menschen hatten Geist und Seele dem Schachspiel verschrieben. Ihre Hingabe war blind, bedingungslos, ausschließlich und fanatisch. Sie dienten ihrer Kunst mit größerer Leidenschaft als jeder Sportler, jeder Arzt, jeder Professor, den Anna je getroffen hatte. Daran durfte man nichts aussetzen. Doch Anna wurde das Gefühl nicht los, daß diese Meister sich so sehr dem Spiel verschrieben hatten, weil etwas anderes ihnen vorenthalten worden war.

Lasker nahm sie aus. Er machte einen gesunden und stabilen Eindruck. Er war gebildet, weltoffen und geistreich. Seine Ausführungen über europäische Politik standen denen hervorragender Fachleute nicht nach. Er wußte über physikalische Phänomene ebenso Bescheid wie über Naturheilmittel. Er war weit gereist, und aus all seinen Bemerkungen spürte Anna, daß er dabei die Augen offengehalten hatte. Dabei blieb er immer freundlich und ersparte seinen Zuhörern das Gebaren eines Oberlehrers. Mit ihm zu sprechen war ein Vergnügen. Bei dem überwiegenden Teil der anderen Meister war es, als wollte man verstörten Kindern Geheimnisse abringen.

Anna fand es auch mühsam, mit Carl zu reden. Bei ihrem ersten Treffen war es ihr gelungen, einiges von der menschlichen Seite des Schachspielers zu entdecken. In Berlin benahm sich Carl, als stünde er unter dem Einfluß hemmender Drogen. Er war einsilbig, er ging abends nicht aus, er hockte auf seinem Zimmer und schob stundenlang Figuren über das Brett, bis es Zeit für die nächste Partie war.

Anna fragte sich, ob es eine Frau in Carls Leben gab. Sie glaubte es nicht. Mehr noch: Sie vermutete, daß Carl sich nicht zu Frauen hingezogen fühlte. Irgend etwas an seinen Gesten, an seiner Sprache, seinen Blicken verriet es ihr. Sicher war sie sich dessen freilich nicht. Es kümmerte sie auch nicht besonders. Oder nur als ein Teil des Mosaiks, als eine Seite seines Charakters. Denn nach wie vor war Anna bei ihrem Ausflug in die Welt des Schachs am meisten daran gelegen, diesen merkwürdigen Menschen zu ergründen. Diese Persönlichkeit, die niemandem zur Last fallen wollte und wider Willen um eine Weltmeisterschaft kämpfte.

Kurz vor der neunten Partie schrieb Carl wie von jeder Veranstaltung eine Postkarte an Lina. »Liebe Lina! Es geht mir gut. Ich komme voraussichtlich Anfang März nach Wien zurück. In Liebe, Dein Carl.«

Mehr schrieb er nie. Kein Wort über den Stand im Turnier oder im Wettkampf. Er meinte, das interessiere Lina nicht. Die Karte sollte nur zeigen, daß er an seine Schwester dachte. Diesmal drängte es ihn jedoch, etwas hinzuzufügen. Er hätte gern angedeutet, daß er Lina ein Geschenk machen wollte. Er ließ es sein. Er fürchtete, sein Versprechen nicht halten zu können und seine Schwester zu enttäuschen. In manchen Minuten schwelgte er in der Vorstellung, die goldene Uhr in Händen zu halten und an Linas Tür zu klopfen. Dann fiel ihm ein, daß ihn in den letzten zwei Partien fürchterliche Schläge Laskers erwarteten und daß Lina, die wohl gerade in Wien über ihrem Klavier träumte, die Uhr niemals zu Gesicht bekommen würde. Dieser Gedanke schnitt Carl ins Herz.

Er gab die Karte beim Portier des Hotels Kaiser ab. Um den Organisatoren keine Mühe zu machen, verzichtete er auf das bereitgestellte Automobil und ging zu Fuß zum Hotel de Rome. Er fühlte sich nicht schlecht. Er hatte keine große Angst mehr vor einer Niederlage. Selbst wenn er die beiden letzten Partien verlor, hatte er sich doch gut verkauft. Und mittlerweile war er gar nicht mehr überzeugt, daß er beide Partien verlor. Eine ja, das gewiß. Aber vielleicht gelang es Carl, ein Spiel unentschieden zu halten. Dann blieb Lasker Weltmeister, doch er hatte Carl im Match nicht besiegt.

Das Automobil der Berliner Schachgesellschaft tukkerte an Carl vorbei. Der Chauffeur grüßte mit der Hupe. Fähndrich winkte aus dem Fond.

Carl zitterte vor Kälte in seinem dünnen Frack. Er ruderte im Gehen mit den Armen, um sich aufzuwärmen. Der Himmel war klar. Auf der Straße schmolz der Schnee. Das Pferdegetrappel klang viel lauter als vor ein paar Tagen. Allmählich verstand Carl das Berlinerisch, das rings um ihn gesprochen wurde. An einer

Kirchturmuhr sah er nach der Zeit. Ein Schneeball traf ihn mit Wucht im Nacken. Hinter ihm gellte Kinderlachen. Carl drehte sich nicht um. Er beschleunigte seine Schritte.

Als Carl in die Straße zum Hotel de Rome einbog und die Menschenmenge sah, wurde er sich plötzlich einer ganz unglaublichen Tatsache bewußt. Er konnte an diesem Tag Weltmeister werden. An diesem Tag noch konnte er nach Steinitz und Lasker der dritte Weltmeister der Schachgeschichte werden. Wenn er die neunte Partie gewann, konnte Lasker ihn in der letzten nicht mehr einholen. Ein Sieg an diesem Tag, und es gab in der Schachwelt niemanden mehr über ihm.

Diese Erkenntnis betäubte Carl geradezu. Er zwängte sich durch die Zuschauermasse wie im Traum. Die aufmunternden Worte seiner Wiener Freunde vernahm er ebensowenig wie den Applaus im Saal und die übliche Einleitung des Schiedsrichters. Er schüttelte eine Geisterhand und setzte sich ans Brett. Die Uhr, die er ticken hörte, war aus Gold.

Für die Wiener Delegation begannen zermürbende Stunden. Carl spielte nicht gewohnt umsichtig. Nach der Eröffnung unterlief ihm ein Schnitzer, der einen Bauern kostete. Carl vertrat sich kein einziges Mal die Beine. Anna hätte es nicht gewundert, wenn der Tisch unter den Blicken der Gegner auseinandergebrochen wäre. Die Meister rund um das Podest flüsterten erregt, ob der verlorene Bauer bereits die Partie zu Laskers Gunsten entschied.

Nach einigen Stunden wurde abgebrochen und vertagt. Lasker sprang auf und rannte mit halb heruntergerissener Krawatte aus dem Hotel. Auch Carl wechselte nur der Höflichkeit halber ein paar Worte mit dem Schiedsrichter, ehe er über einen Hinterausgang den Ort verließ. Die Meister waren sich einig. Haffner stand mit dem Rücken zur Wand. Die Partie war kaum zu retten.

Bis zur Wiederaufnahme wollte Carl für niemanden zu sprechen sein. Fähndrich ließ sich nicht beeindrucken. Er trat mit einer Portion Coq au vin und einer Flasche Burgunder vor Carls Zimmer und trommelte gegen die Tür. Zwei Hotelgäste beschwerten sich über den Lärm. Einer von ihnen hielt Fähndrich für einen Bediensteten und bestellte ein Glas Wasser und ein Schlafmittel. Fähndrich antwortete in übelstem Ottakringerisch, so daß der Gast erschrocken verstummte. Endlich rüttelte Fähndrich an der Schnalle. Die Tür war unversperrt, Carls Zimmer leer, das Schachbrett verschwunden.

Carl schlich spätnachts, seine Schuhe in der Hand, auf sein Zimmer. Um Ruhe zu haben, hatte er sich in einem Kaffeehaus versteckt.

Er schlief drei Stunden. Sein Sekundant weckte ihn. Fähndrich ließ Carl nicht mehr aus den Augen. Er verfolgte argwöhnisch Carls Morgentoilette, führte den angehenden Weltmeister an der Hand in den Speisesaal und zwang ihn, ein reichhaltiges Frühstück einzunehmen. Als Carl zu Fuß zum Hotel de Rome gehen wollte, ergriff Fähndrich ihn wortlos und zerrte ihn in das Automobil. Nachdem er Carl am Podest abgeliefert hatte, gesellte er sich zu Horak und Wolf, verdrehte die Augen und bekreuzigte sich mit übertriebener Geste. Die

Wiener Meister blickten einander stumm an. Kein Wort fiel. Jeder wußte, worum es ging.

Die Partie gestaltete sich so aufregend, daß einige Besucher nicht mehr hinsehen konnten. Sie hasteten aus dem Saal und vor das Hotel, wo sie auf und ab liefen und sich mit Nachrichten versorgen ließen. Sie hörten sensationelle Dinge. Haffner machte seinem Ruf als bester Verteidiger der Welt wieder einmal Ehre. Lasker berannte die Stellung seines Gegners, versuchte es mit taktischen Nadelstichen – umsonst. Haffner war nicht beizukommen. Auch die neunte Partie endete remis. Als der Friedensschluß vereinbart wurde, heulte Fähndrich vor Entzücken auf. Ein Remis fehlte noch, nur ein einziges weiteres Unentschieden.

9

Nach dem Wettkampf gegen Hummel lud man Carl für das darauffolgende Jahr, 1894, zu einem Turnier nach Leipzig ein. Carl erreichte den elften Platz unter achtzehn Teilnehmern. Kein überragendes Ergebnis, aber er hatte sein Talent bestätigt.

Einen wichtigeren Erfolg errang er vor dem Turnier. Seine Mutter wollte ihn nicht fahren lassen. »Nach Leipzig, allein?!« entsetzte sie sich. »Nur mit dem Finger auf der Landkarte!«

Ihre Ablehnung war so massiv, daß Carl nach ein paar Tagen Meister Englisch besuchte, der den Kontakt mit Leipzig vermittelt hatte, um seine Teilnahme abzusagen.

»Weil Ihre Mutter Einwände hat, wollen Sie zu Hause bleiben? Pflegen Sie den regelmäßigen Kirchgang? Wie?«

Englisch sprach zu Carl wie zu einem geistig zurückgebliebenen Kind. Als er sah, daß Carl es mit der Absage ernst meinte, klopfte er ihm auf die Schulter. »Keine Angst. Sie werden reisen dürfen.«

Am Abend fuhr ein Prunkfiaker, den ein Kutscher in Livree lenkte, vor dem Haus der Haffners vor. Englisch stattete gemeinsam mit dem bekannten Industriellen Trebitsch und dem schachbegeisterten Prinz Hohenstein Carls Mutter einen Besuch ab. Sie eröffneten mit einem Geschenkkorb und zwei Armen voll Blumen.

»Wir dachten, Sie möchten sicher wissen, welchen Umgang Ihr Sohn pflegt.«

Englisch stellte sich und seine Begleiter vor und kam gleich zur Sache. Er beruhigte Maria. Carl fuhr nicht allein nach Leipzig, sondern mit den Meistern Hummel und Zinkl. Diese beiden ehrenwerten Herren würden Sorge tragen, daß es Carl bei der Reise an nichts mangelte. Über einen guterzogenen Mann von zwanzig Jahren zu wachen war auch keine unbewältigbare Aufgabe. Er, Englisch, sowie die Herren Trebitsch und Hohenstein verbürgten sich jedenfalls für Carls Wohl.

Englisch sprach über Carls Talent und sang ihm das Lied des künftigen Weltmeisters. Als er von den Träumen junger Menschen zu schwärmen begann, hielt Maria sich die Ohren zu.

»Danke schön«, sagte sie, »danke sehr, das genügt schon. Soll er eben fahren. Aber glauben Sie bitte nicht, daß mich Ihre schönen Worte umgestimmt haben. In meinem Beruf lernt man, Blumenworte zu nehmen wie Gerüche – sie verflüchtigen sich. Wenn jemand auf Carl aufpaßt, habe ich nichts dagegen, daß er dieses sinnlose Spiel einmal in Leipzig spielt.«

Im Fiaker zerbrach Englisch sich den Kopf, wo Frau Haffner wohl arbeitete. Er nahm sich vor, Carl zu fragen, doch im Haus der Schachgesellschaft hatte er es vergessen.

Nach dem elften Rang in Leipzig wurde Carl zum Riesenturnier von Hastings 1895 eingeladen. Der entthronte Weltmeister Steinitz war da, sein Nachfolger Lasker, die Weltmeisterschaftsanwärter Tarrasch und Tschigorin, dazu die englische Elite mit Bird, Burn und Blackburne, dem »Schwarzen Tod«, wie man ihn nannte, und vielen anderen hervorragenden Spielern. Es war das stärkste Turnier der Geschichte. Carl erreichte gegen Tarrasch und Steinitz Unentschieden, den Turniersieger Pillsbury bezwang er sogar. Sein neunter Platz unter zweiundzwanzig Teilnehmern, von denen man die Hälfte zu den wahren Giganten des Schachbrettes zählte, war nach Pillsburys Erfolg die Sensation der Veranstaltung.

Im darauffolgenden Turnier von Nürnberg gewann Carl mit dem geteilten siebten Platz sein erstes Preisgeld. Es betrug zweihundert Reichsmark. Soviel Geld hatte Carl zuvor nicht gesehen, geschweige denn besessen. Bis auf zwanzig Mark gab er alles seiner Mutter. Maria freute sich aufrichtig für ihn. Sie erhob keinen Einspruch, als er gleich darauf ohne Begleitung zum nächsten Turnier fuhr. In Budapest wurde er mit Janowski Vierter. Zurück in Wien, spielte er das Sechsmeisterturnier, in dem er hinter dem psychopathischen Hasardeur Janowski den zweiten Platz errang. Danach lag er drei Wochen im Bett. Er litt an keiner Krankheit im eigentlichen Sinn. Im Turnierreigen hatte er acht Kilogramm seines ohnehin bescheidenen Körpergewichtes verloren. Pure Erschöpfung trieb ihn ins Bett.

Die Wiener Meister sahen dies mit Sorge. Für einen

Schachmeister, wollte er ganz an die Spitze vorstoßen, war eine kräftige Konstitution unabdingbar. In manchen Partien kämpfte man bis zu acht Stunden, und es gab Turniere, in denen dreißig Runden zu spielen waren, jeden Tag eine. Wer da körperlich abfiel, hatte kaum Aussicht auf die vordersten Ränge. Bösartige aus der zweiten Reihe der Wiener Meister lästerten bereits: »Der wird nie Weltmeister. Er ist zu dünn.«

Carl begriff, daß er mit seinen Kräften haushalten mußte. Er änderte seinen Stil. Noch mehr als früher war er auf Vorsicht bedacht. Er machte viele Kurzremisen. Bloß – mit dieser durchaus logischen Strategie war es schwer, ein Spitzenturnier zu gewinnen. Carl gewann auch lange keines. Obwohl kein ernst zu nehmender Meister der Welt das Ausnahmetalent des jungen Wieners bezweifelte.

Zu Kaiser Franz Josephs fünfzigjährigem Thronjubiläum fand im Frühjahr 1898 in Wien ein denkwürdiges Turnier statt. Sechsunddreißig Runden waren zu absolvieren. Carl kam als fünfter ein. Damit hatte er seinen Ruf als stärkster Spieler Österreichs gefestigt. Ausgerechnet zu diesem Zeitpunkt meinten die Meister um Georg Hummel zu bemerken, daß sich die Spielstärke ihrer jungen Hoffnung nicht mehr entscheidend verbesserte. Sie sahen keine Fortschritte in Carls Spielverständnis und rätselten über die Ursachen. Carl selbst befragten sie nicht. Er hätte ihnen auch keine Antwort geben können. Tatsächlich trugen gerade die Wiener Meister Mitschuld an seiner Stagnation.

Bis zu einem bestimmten Tag im Winter 1897 war Carl eine Art Schachautomat gewesen. Nicht, daß er für Vorgänge fern des karierten Brettes kein Gefühl empfand. Doch er verstand es, diese vor sich zu verbergen. Seine Welt war die Pyramide der Schachspieler. Er hatte keinen Ehrgeiz, ganz oben zu stehen. Er wollte es sich auf seiner Stufe gemütlich einrichten und sein Lebtag nichts als Schach spielen. Die Frage nach dem Warum und Wofür hätte man ihm auf deutsch genausogut wie in einer beliebigen fremden Sprache stellen können, er hätte ihren Sinn nicht verstanden. Bis zu jenem Abend im Dezember, den er durch Zufall in Wien und durch einen noch außergewöhnlicheren Zufall nicht in der Schachgesellschaft, sondern zu Hause mit seiner Mutter verbrachte.

Sie saßen beim Essen. Es klopfte. Carl, der die Tür öffnete, sah sich einer Frau gegenüber, deren linkes Auge nervös zuckte. Sie mochte etwas jünger sein als seine Mutter. Sie hielt ein kleines Mädchen an der Hand. Mit merkwürdiger Betroffenheit musterte sie Carl. Sie fragte scheu nach Frau Haffner.

Carl bat die beiden in die Wohnung. Das Auge der Frau zuckte heftig, als sie Maria die Hand reichte und sich als Schwester, das Mädchen aber als die Tochter der vor zwölf Jahren verstorbenen Leopoldine Bauer vorstellte. Carl blickte seine Mutter an und wunderte sich, daß dieses Zucken ansteckend war. Im nächsten Moment faßte Maria ihn und schob ihn zur Tür. Verwirrt blieb er draußen stehen, um zu horchen. Die Mutter kam hinaus und jagte ihn davon. Ihre Augen blitzten zugleich blind und wild, wie er es noch nie an ihr erlebt hatte.

Er wartete vor dem Haus. Nach einer Viertelstunde

kam die Frau mit dem Kind. Ihr Rouge war verschmiert. »Bitte, besuchen Sie uns«, sagte sie zu Carl. Sie nannte die Adresse und drückte ihm die Hand. Er lief einmal um den Häuserblock. Erschöpft kehrte er in die Wohnung zurück.

»Wer war das?«

Maria verweigerte ihm die Antwort. Er bedrängte sie. Ihre Reaktion war ein Wutausbruch beängstigenden Ausmaßes, dem ein Weinkrampf folgte. Carl schloß seine Mutter in die Arme. »Ist etwas Schlimmes geschehen?«

Maria schüttelte den Kopf und weinte, bis ihr der Speichel aus dem Mund troff. Sie beruhigte sich lange nicht. Über die Besucherin und das Kind wollte sie nichts sagen.

Am Tag darauf eilte Carl zu der angegebenen Adresse in der Zimmermanngasse. Dort erfuhr er, daß das Mädchen Lina hieß und seine Schwester war. Ihre Tante, die die Kleine aufgezogen hatte, erzählte Carl die Geschichte von Leopoldine und Adalbert.

Carl blieb sechs Stunden bei seiner neuen Verwandtschaft. Linas Tante war in so schlimme Geldnöte geraten, daß sie nicht mehr ein noch aus wußte und in ihrer Verzweiflung den Weg zu Adalberts Frau gewagt hatte. Frau Haffner hatte sie fortgeschickt.

Carl trug alles Geld, das er erübrigen konnte – und das war mehr, als er erübrigen konnte –, zu den Bauers. Er kaufte Essen und Naschwerk, Kleidung und Kochgerät. Vor jedem Spaziergang zu den Bauers suchte er in den Geschäften nach einer Puppe für Lina. Seine Mutter erfuhr von all dem nichts.

Jahre später schrieb Lina Carl einen Brief. Maria legte die Sendung in Carls Zimmer. Linas Name stand auf der Rückseite des Kuverts, aber Maria schwieg dazu.

Nachdem Carl seine Schwester kennengelernt hatte, hätte er die Frage nach dem Warum und Wofür des Schachspiels noch immer nicht beantworten können. Nun jedoch hätte er wenigstens ihren Sinn erfaßt.

Ein zweiter Eindruck brachte ihn ein wenig vom fanatischen Studium der Schachtheorie ab. Es waren die Umgangsformen der Wiener Meister und die Bildung, die diesen Umgangsformen zugrunde lag. Schon bei seinem Eintritt in die Wiener Schachgesellschaft waren Carl die sonderbaren Bemerkungen aufgefallen, mit denen die Meister ihre Züge in den zahllosen freien Partien schmückten. Er vermutete eine Art Geheimsprache. In der Tat würzte man in der Wiener Schachgesellschaft jede Unterhaltung am Schachbrett oder abseits davon mit geistreichen Kommentaren in verschiedenen Sprachen, vom Französischen über Latein und Griechisch bis hin zum Hebräischen. Man zitierte Klassiker der Literatur, imitierte Bühnenfiguren, intonierte Arien und gebrauchte Fachbegriffe aus Medizin, Chemie oder der Welt des Sports. Es war in der Schachgesellschaft selbstverständlich, die Anspielungen des anderen zu verstehen und sich selbst in der gleichen Weise zu äußern.

Carl verstand nicht. Obwohl ihn niemand seine Unwissenheit spüren lassen wollte, fühlte er sich minderwertig. So kam es, daß er zum erstenmal seit seiner Schulzeit ein Buch zur Hand nahm, das nichts mit

Schach zu tun hatte. Innerhalb eines Jahres las er zehn ausgesuchte Werke. Hummel hatte ihm ungefragt anvertraut: »Im Grunde besteht die Weltliteratur aus zehn Werken, nicht mehr. Der Rest ist überflüssig, er würde niemandem abgehen.«

Nachdem Carl die zehn und danach, wenn auch mit vermindertem Eifer und nur bei Gelegenheit, einige andere Bücher gelesen hatte, beteiligte er sich an der Unterhaltung für Eingeweihte. Machte sein Gegenüber eine zweideutige Bemerkung, antwortete Carl mit einem Zitat, das ihm dazu zu passen schien.

In den noblen Sälen der Wiener Schachgesellschaft wurde nicht nur Schach gespielt. Allgemeine Leidenschaft galt dem Tarock. Carl lernte das Spiel allein durch Zusehen. Er fand so großen Gefallen daran, daß er sich jeden Mittwoch mit den Problemkomponisten Soyka und Steiner in einem Café traf, um Tarock zu spielen. Manchmal ließen die beiden ihn warten. Da stellte er fest, daß es sehr angenehm sein konnte, in einem Kaffeehaus zu sitzen und nichts zu tun oder Zeitungen zu lesen, jedenfalls nicht Schach zu spielen. Carl entdeckte die Entspannung.

Seine Hinwendung zu einem Leben außerhalb der Welt der Strategie und Varianten bewirkte, daß Carl im Schach nur wenig vorankam. Manche schrieben ihn als Weltmeisterkandidaten ab. Ende 1897 führte ihn eine inoffizielle Weltrangliste englischer Theoretiker auf Platz 15, ein Jahr darauf erneut auf 15, noch ein Jahr später auf 14. Carl war damit sehr zufrieden. Die sachten Mahnungen seiner Wiener Meisterkollegen verstand er nicht. Wenn jemand im Gespräch zaghaft auf Laskers Thron wies, winkte Carl ab. Er brauchte nicht Weltmeister zu werden. Was er war, genügte ihm. Er schrieb für mehr als ein Dutzend Schachblätter, dazu kam 1899 noch der Posten des Co-Redakteurs der *Deutschen Schachzeitung*. Diese Arbeit erfüllte ihn. Er pflegte seinen Tarockabend, er ging mit seiner Mutter spazieren, er saß müßig im Café, er spielte Turniere. Er freute sich auf jeden Besuch in der Zimmermanngasse. Besonders liebte er es, wenn Lina ihm Fragen stellte. Wenn sie mit ihren kleinen Problemen zu ihm kam, er sie nicht zum Reden ermuntern mußte, sie von sich aus von den Ereignissen der vergangenen Tage erzählte. Ihr Vertrauen zu ihm rührte Carl. Hätte sie es verlangt, hätte er sich bemüht, ihr einen Palast zu bauen.

Natürlich durfte Carl an so teure Unternehmungen in Wirklichkeit nicht denken. Die Zuwendungen für Lina belasteten seine Geldtasche gehörig. Er mußte es sich dreimal überlegen, zu einem Turnier zu reisen, denn ein Mißerfolg konnte ihn materiell erledigen. Wie bedenklich die finanziellen Umstände auch erfolgreicher Turnierspieler waren, führte ihm ein Erlebnis im Rahmen des Londoner Turniers 1899 vor Augen.

Der amerikanische Meister Pillsbury gab vor fünfzig Zuschauern eine Vorstellung. Er saß mit drei Partnern an einem Tisch und spielte Whist. Zugleich spielte er zehn Schachpartien gegen Personen, die dafür bezahlt hatten, sich mit dem großen Pillsbury messen zu dürfen. Diese Partien trug er nicht etwa aus, indem er vom Whisttisch aufstand und die Reihen der Gegner abschritt. Er spielte sie blind. Er spielte zugleich Whist und zehn Blindpartien.

Pillsbury ließ sich von den Zuschauern fünfzig numerierte Zettel geben, auf denen je ein aus fünf Wörtern bestehender Satz stand. Er las jeden Satz einmal und legte den Zettel beiseite. Auf Zuruf einer Nummer nannte er den betreffenden Satz. Danach wiederholte er alle Sätze rückwärts. Er irrte kein einziges Mal. Er gewann am Whisttisch, und er gewann die Blindpartien, die er auch während des Kunststückes mit den Zetteln nicht unterbrach.

Zwei englische Professoren baten um eine Zugabe. Sie legten Pillsbury eine Liste vor, der sein Gedächtnis nicht gewachsen sein konnte. Pillsbury blickte auf das Papier und gab es zurück. »Vorwärts oder rückwärts?« fragte er. Ohne die Antwort abzuwarten, sagte er: »Antiphlogistine, periosteum, takadiastase, plasmon, threlkeld, streptococcus, staphylococcus, mirococcus, plasmodium, Mississippi, Freiheit, Philadelphia, Cincinnati, athletics, no war, Etchenerg, American, Russian, philosophy, Piet Potgleter's Rost, Salamagundi, Oomisillecootsi, Banginamvate, Haffner's neck, Manzinyama, theosophy, catechism, Madjesoomalops.«

Er geriet nicht ins Stocken. Er sagte die Worte sowohl vorwärts als rückwärts auf. Am darauffolgenden Tag wiederholte er sie, um zu beweisen, daß er sie tatsächlich auswendig wußte.

Carl, den Pillsbury zur Vorstellung eingeladen hatte, war wie alle vor Begeisterung fassungslos. Doch er sorgte sich um Pillsburys Gesundheit. Solche Anstrengung konnte dem Verstand nicht zuträglich sein. Er fragte den Amerikaner, warum er ein so großes Risiko auf sich nehme. »Ich brauche das Geld«, erklärte Pillsbury freimütig. »Wenn ich nicht jede Woche zumindest eine Vorstellung gebe, bin ich gezwungen, Schachbücher zu essen.«

1900 gewann Carl geteilt mit Pillsbury das Turnier von München. Die Wiener Meister atmeten auf. Endlich ein Turniersieg! Carl war gerade sechsundzwanzig Jahre alt. »Das ist sein Durchbruch!« prophezeite Hummel. »Jetzt geht es los.«

Es war nicht der Durchbruch. Kein Drängen half, Carl spielte nicht halb so viele Turniere, wie es die Wiener Meister gern gesehen hätten, und abermals gewann er lange Zeit kein einziges. 1904 in Cambridge Springs, als er wieder von sich reden machte, glaubten nicht mehr viele an seine Anwartschaft auf den höchsten Titel im Schach. In jenem Badeort in Pennsylvania zog weniger sein starkes Spiel als ein Zwischenfall die Aufmerksamkeit auf Carl.

In der Partie gegen den späteren Turniersieger, den Amerikaner Marshall, stand Carl schlecht. Es wurde abgebrochen. Marshall und Carl plauderten miteinander. Marshall fragte, wie Carl die Stellung einschätzte. »Nicht sehr erfreulich«, antwortete Carl. »Ich werde wohl bald aufgeben müssen.« Zur Wiederaufnahme öffnete der Schiedsrichter das Kuvert, das Carls abgegebenen Zug enthielt, führte den Zug am Brett aus und drückte die Uhr. Marshall war noch nicht im Turniersaal. Das war nicht weiter schlimm, er hatte ein großes Zeitguthaben. Carl verfolgte inzwischen die Partien auf den übrigen Brettern. Er unterhielt sich mit Lasker und anderen Meistern, erfrischte sich und kiebitzte wieder. Der Schiedsrichter trat zu Carl.

»Mr. Marshall ist nicht da. Er wird in einer Viertelstunde die Zeit überschreiten.«

Nun war Carl beunruhigt. Hatte Marshall ihn mißverstanden? Sie hatten Englisch gesprochen, das Carl nicht gut beherrschte. Vielleicht faßte Marshall Carls Äußerung so auf, daß dieser von weiterem Kampf Abstand nehmen wollte, und kam gar nicht mehr in den Turniersaal? Man würde Carl zum Sieger erklären. Doch wie peinlich, auf diese Art den Punkt einzustreichen!

Der Schiedsrichter kam. Nur noch fünf Minuten.

Carl hastete zu seinem Tisch. Der Minutenzeiger hob bereits das Kontrollblättchen in Marshalls Uhr. Wenn es fiel, war die volle Stunde erreicht, und Carl hatte gewonnen. Noch drei Minuten. Noch zwei.

Carl stellte zum Zeichen seiner Aufgabe die Uhr ab und rückte die Figuren in die Grundstellung. Marshalls König placierte er in der Mitte des Brettes. Daran erkannte jeder Vorübergehende, daß der Amerikaner gewonnen hatte.

Marshall trat eine halbe Stunde danach gutgelaunt in den Turniersaal. Er blickte zum Brett, sah seinen Siegerkönig und schüttelte Carl ahnungslos die Hand. Dann studierte er die Turniertabelle. Carl erwähnte die Umstände seiner Aufgabe mit keinem Wort. Für ihn war die Angelegenheit erledigt. Er dachte nicht mehr daran. Erst bei der Schlußveranstaltung wurde er daran erinnert.

Carl hatte den geteilten sechsten Platz unter sechzehn Teilnehmern erreicht. Der Turnierdirektor rief Carl auf und fügte der Nennung seines Namens hinzu: »The man who played the fairest move ever seen.«

Seine sportliche Haltung in der Partie gegen Marshall steigerte Carls Beliebtheit noch weiter. Zweifellos war er der angesehenste Meister der Welt. Höflich, ja freundlich im Umgang, immer bescheiden im Auftreten, so zuvorkommend, daß er sogar seinen Gegnern Kaffee oder Tee ans Brett brachte, wenn diese am Zug oder in Zeitnot waren, hatte Carl alle Sympathien auf seiner Seite. Niemand verlor ein böses Wort über ihn. Einem Menschen, der Remisangebote kaum auszuschlagen wagte aus Furcht, seinen Gegner zu kränken, konnten selbst die monomansten der Schachmeister nichts Übles nachsagen. In Wien nahm man Carls Fairneß gegenüber Marshall als selbstverständlich hin. Die Meister um Georg Hummel erregte ein anderes Ereignis von Cambridge Springs. Carl hatte in der direkten Auseinandersetzung Lasker geschlagen. Der Wiener Vorkämpfer hatte sich dem Weltmeister in der Einzelpartie als überlegen erwiesen – davon sprach man in jedem Schach-Café der Kaiserstadt.

Ungeachtet dessen, daß Carl überzeugende Turniersiege fehlten, begann Hummel in seinen Zeitungskolumnen laut über einen Weltmeisterschaftskampf zwischen Haffner und Lasker nachzudenken. Sein Vorschlag fand keinen starken Widerhall. Einen Lasker unter Matchbedingungen zu besiegen traute dem schmächtigen Wiener kaum jemand zu. Zumal Haffner selbst verlautbarte, einen solchen Wettkampf gar nicht anzustreben. Hummel, der sich als schachlicher Vormund Carls betrachtete, erklärte diese Aussagen als nichtig. »Wenn es soweit ist, wird Haffner spielen«, schrieb er. »Das ist er der Schachwelt schuldig.«

Die Schachwelt dachte natürlich nicht daran, diese vermeintliche Schuld einzumahnen. Es gab würdigere Bewerber. Vor allem Siegbert Tarrasch und Harry Nelson Pillsbury; dahinter Marshall und Janowski sowie den Ungarn Maróczy. Maróczy verzichtete auf einen Wettkampf. Seine Begründung ließ aufhorchen. Er war sicher, daß man Lasker nicht schlagen könne, weder Maróczy selbst noch irgendein anderer. Pillsburys Stärke hingegen ließ immer mehr nach. Niemand kannte den Grund. Er war vierunddreißig Jahre alt, als er 1906 starb. Seinen Tod verursachte nicht der intellektuelle Aderlaß seiner Vorstellungen, sondern die Syphilis, die Pillsbury sich nach einer Glanzpartie im Petersburger Turnier 1896 bei einem Freudenmädchen geholt hatte.

Es blieben Marshall, Tarrasch und Janowski. Zuerst nahm Lasker sich Marshall vor. Er demolierte ihn mit acht zu null. Ein Jahr danach kam es endlich zu dem lange geforderten Zweikampf zwischen Lasker und seinem Landsmann Tarrasch. Auch hier siegte Lasker klar. Nachdem der Weltmeister auch mit Janowski aufgeräumt hatte, gab es Stimmen, die wie Maróczy den Sinn jedes Weltmeisterschaftskampfes gegen Lasker bestritten. Lasker spielte wie von einer anderen Welt.

In diesen Jahren geschah etwas, was kein Meister, der seinen Kaffee nicht in Wien trank, erwartet hatte. Carl Haffners Spielstärke wuchs. 1906 gewann er in Ostende, 1908 die Turniere von Wien und Prag. In den Veranstaltungen des Jahres

1908 verlor er von achtunddreißig Partien nur eine

einzige. Eine solche Leistung hatte kein Meister der Welt unter vergleichbaren Bedingungen zuvor erreicht.

Carls Erfolge lieferten Hummel neue Argumente. Diesmal widersprachen ihm nur jene, die Lasker für unbesiegbar hielten. Die Wiener Schachgesellschaft schickte eine offizielle Herausforderung an Lasker. Der Weltmeister erkannte Haffners Ansprüche an.

Aus der Zeitung erfuhr Carl, wie weit seine Verhandlungen mit Lasker bereits gediehen waren. Der Wettkampf sollte sich über dreißig Partien erstrecken und Wien, Berlin, Stockholm, London und New York bereisen. Der Plan zerschlug sich, weil man nicht die erforderlichen Mittel für eine Veranstaltung von solcher Dimension auftreiben konnte. Auch ein Zirkular »An die Schachwelt«, von Lasker und Haffner unterschrieben, wie Carl überrascht in der *Neuen Freien Presse* las, änderte daran nichts.

Im Herbst des Jahres 1909 marschierte Hummel in den Analyseraum der Wiener Schachgesellschaft, schlug Carl auf die Schulter und trompetete. »Es ist vollbracht!« Zehn Partien, je fünf in Wien und Berlin, bei Gleichstand blieb Lasker Weltmeister.

Carl seufzte. Er nickte langsam und schwer. »Da muß ich mich wohl bedanken«, krächzte er. In seinen Eingeweiden brannte die Angst vor diesem Wettkampf.

Mit aller Herzenswärme verfolgte Carl, wie Lina heranwuchs. Als er sie nach ihrem größten Wunsch fragte, gestand sie, daß sie davon träumte, Klavier zu spielen. Carl bezahlte ihr Klavierstunden. Er sparte so lange, bis er das Geld für einen gebrauchten Konzertflügel beisammenhatte. Es störte ihn nicht, sich auf eine Mahlzeit am Tag zu beschränken und im Winter nur eine dünne Jacke überziehen zu können. Der Tag, an dem das Klavier geliefert wurde, bedeutete Carl mehr als jede Siegerehrung.

Die Lehrerin war von Linas Talent beeindruckt. Sie sprach davon, Lina in wichtige Kreise einzuführen und ihr Auftrittsmöglichkeiten zu verschaffen. Lina dankte, lehnte aber ab. Sie wollte nirgends auftreten. Sie hielt sich nicht für gut genug. Wenn sie eine Vorstellung gab, dann nur für Carl und ihre Tante, und ab und zu machte sie für eine Freundin eine Ausnahme. Carl liebte diese Konzerte. Er bedauerte Linas Weigerung, öffentlich zu spielen. Seinem Gefühl nach hätte seine Schwester sogar vor dem Kaiser auftreten können.

Nachdem ihre Tante gestorben war, begann Lina selbst Klavierunterricht zu erteilen. Es war ihr unangenehm, soviel Geld von Carl zu nehmen. Sie wollte für sich selbst sorgen.

Sie wurde eine hervorragende Lehrerin und mußte bald aus Überlastung Schülerinnen zurückweisen. Von diesen Einkünften konnte sie leben. Reich war sie freilich nicht, doch sie verdiente mehr als ihr Bruder. Dennoch ließ Carl nicht davon ab, immer wieder heimlich Geld in Linas Sparbüchse zu legen. Lina sollte sich Kleider und Schmuck kaufen können, wie es ihr gefiel. Es entging Carl, daß Lina sich kaum schmückte und für schöne Kleider kein Geld ausgab. Abgesehen von ihrer Leidenschaft für das Klavierspiel lag ihr einzig an Carls und ihrer Freundinnen Wohl. Für etwas anderes interessierte sie sich nicht.

Lina und Carl schoben Geld hin und her, ohne es zu wissen. Carl steckte einen Schein in Linas Sparbüchse, Lina öffnete Wochen später die Büchse, freute sich, soviel gespart zu haben, und stopfte ein paar Scheine in Carls Tasche. Carl fand das Geld nach Wochen oder Monaten, erinnerte sich nicht an dessen Herkunft und steckte es in Linas Sparbüchse. Es waren gar nicht unbeträchtliche Summen, die da über Jahre hin zwischen den beiden wanderten.

10

Vor der letzten Partie beanspruchte Lasker eine Auszeit von zwei Tagen. Während an der Rezeption aufmunternde Telegramme aus allen Ländern, vor allem aus Österreich, einlangten, hastete Carl in seinem Zimmer zwischen Schachtisch und Toilette hin und her. Er aß fast nichts, dennoch hatte er seine Verdauung nicht unter Kontrolle. Eine nie zuvor erlebte Aufregung rumorte in seinen Gedärmen. Schließlich borgte er sich Fähndrichs Taschenschach aus, um auch auf dem Klosett analysieren zu können. Bei dieser Gelegenheit wollte Fähndrich ihn der stickigen Luft des Hotelzimmers entreißen. Er flehte Carl an, einen Spaziergang zu unternehmen. Er bat so inständig, daß Carl zuletzt zustimmte. »Am Abend«, versprach Carl.

Carl ging nicht spazieren. Fähndrich war nicht in der Lage, ihn auf die Straße zu jagen. Der Sekundant brach am Nachmittag unter dem Druck seiner Verantwortung zusammen. Er trat mit hängenden Schultern in ein Gasthaus neben dem Hotel. Um seine Anspannung zu lindern, trank er einen Schnaps. Nach dem dritten Glas bemerkte er die Gefahr, doch er vermochte sich nicht mehr aufzuraffen. Am Abend unterhielt er den Wirt und die staunenden Gäste mit ergreifenden Wiener Liedern. Später beklagte Fähndrich seinen moralischen Verfall, begann zu weinen und rutschte vom Stuhl. Zum Glück wußte der Wirt, daß der zerrüttete Österreicher im benachbarten Hotel abgestiegen war. Der Wirt und der Hotelportier trugen Fähndrich auf sein Zimmer. »Noch gut, daß die Feiertanz nicht da ist«, lallte Fähndrich während des Transportes unter plötzlicher Heiterkeit und: »Wir werden Weltmeister!« Er lachte unbändig, so daß der Portier schwankte, ob nicht ein Arzt zu Rate zu ziehen war. Erst als Fähndrich fest schlief, kehrte der Portier in seine Loge zurück und begnügte sich damit, jede Stunde einen Hausburschen mit einem Eimer zur Kontrolle auf das Zimmer zu schicken.

Carl nahm diese Ereignisse nicht wahr. Er hatte seine Analyse abgebrochen, aber er tat die halbe Nacht kein Auge zu. Ihn quälten grundsätzliche Gedanken zur bevorstehenden Partie. Etwa, ob er ein würdiger Weltmeister sei, falls er die letzte Partie remis hielt. Dann nämlich hatte der Zufallssieg in der fünften Auseinandersetzung den Wettkampf entschieden. Oder, was der Weltmeistertitel bedeutete. Ansehen, Geschichte, Herausforderungen anderer Meister, ganz gewiß einen Rückkampf gegen Lasker.

Carl verlebte eine ungemütliche Nacht zwischen Bett und Toilette. Immer wieder kam ihm die goldene Uhr in den Sinn.

Am folgenden Morgen, dem Tag vor der Entscheidungspartie, lief Carl gleich nach dem Frühstück auf die Straße. Nach einer Weile fand er ein Lokal, das ihm von außen zusagte. Der vorteilhafte Eindruck bestätigte sich, nachdem Carl durch die Drehtür eingetreten war. Anstelle Franz Josephs hing ein gemalter Kaiser Wilhelm an der Wand, doch sonst war der Unterschied zu den von Carl so geschätzten Wiener Kaffeehäusern recht gering. Sanfte Klaviermusik erfüllte den Raum. Der Ober brachte ungefragt ein Morgenblatt an Carls Tisch.

Carl saß vier Stunden bei einer Tasse Kaffee. Er las alle verfügbaren Zeitungen. Um nicht an den Wettkampf denken zu müssen, vertiefte er sich sogar in die Belanglosigkeiten der Politik. Zu seinem Leidwesen stieß er in jeder Zeitung auf einen Artikel über die Schachweltmeisterschaft. Einer stammte von Lasker. Nur diesen überblätterte Carl nicht. Lasker, dem an Kampfgeist niemand auf der Welt gleichkam, klang erstaunlich mutlos. Der Weltmeister erwartete von der letzten Partie einen schweren Gang, dem er mit wenig Zuversicht entgegensah. Denn der Österreicher verstand sich wie kein Zweiter darauf, jeder Herausforderung aus dem Weg zu gehen und sein risikoloses Spiel auf die Spitze zu treiben, indem er sich einmauerte.

Diese Sätze machten Carl ein wenig betroffen. Er legte die Zeitungen weg. Er paffte an seiner Zigarre und blickte umher. Endlich gelang es ihm, seine Gedanken treiben zu lassen. Er saß da, trank Kaffee und rauchte, bis er sich geborgen fühlte.

Nach Mittag konnte er den Hunger nicht mehr ertragen. Er scheute sich, das kostenlose Essen im Hotel in Anspruch zu nehmen. Er wechselte in ein Gasthaus und gönnte sich eine billige Mahlzeit. Statt zu seinen Analysen zurückzukehren, entschied er sich für einen Spaziergang. In der Nacht zuvor hatte der Winter neue Wolken geschickt. Carl stapfte mit verschränkten Armen durch die Straßen. Er senkte den Kopf, um sein Gesicht vor dem scharfen Wind zu schützen. Seine Ruhe schwand.

Die Weltmeisterschaft! Es war ja nicht so, daß Carl den Titel nicht schätzte. Aber die Bürden, die mit diesem Rang in der Schachwelt verbunden waren, machten ihm Angst. Nicht nur die hungrigen Herausforderer, denen er sich stellen mußte, allen voran der unheimliche Lasker. Allein die Verpflichtungen gegenüber Mäzenen, Veranstaltern und Meistern, ja in gewissem Sinn jedem Schachfreund der Welt gegenüber waren von überwältigendem Ausmaß. Der Weltmeister war das Vorbild von Tausenden. Er wurde zugleich verehrt und gejagt. Sein Wort galt, jede Zeile von ihm wurde aufmerksam gelesen. In jedem Turnier war er das Maß aller Dinge. Siege waren selbstverständlich, Niederlagen blamabel. Der Weltmeister mußte sich immer beweisen.

Genau das stand Carl bevor. In diesem Augenblick wußte er es. An dieser Stelle seines Spazierganges, auf einer Kastanienallee, neben alten Leuten, die ihre Hunde führten, entsetzte Carl die Erkenntnis, daß Lasker ihn nicht schlagen konnte. Gegen Carls Spielanlage hatte der Deutsche kein Mittel in der Hand. Auch die zehnte Partie würde unentschieden enden. Carls Name ging als der des dritten Schachweltmeisters in die Analen ein.

Carl hatte sich verirrt. Gewöhnlich behielt er das Bild

jeder Straßenkreuzung im Gedächtnis. In keiner Stadt der Welt hatte er sich jemals verlaufen. Vergeblich versuchte er sich an den Weg zurück zu erinnern. Er mußte fragen.

Vor dem Hotel Kaiser verspürte er Lust, noch einen Kaffee zu trinken. Durch Zufall führte ihn sein Entschluß in das Lokal, in dem am Vorabend Fähndrich Halt gesucht hatte. Der Wirt erkannte Carls wienerische Aussprache des Wortes Kaffee. Zusätzlich zum Gewünschten servierte er zwinkernd ein Glas Schnaps. Carl konnte sich nicht entsinnen, es bestellt zu haben. Er rief den Wirt.

»Lassen Sie. Das geht aufs Haus.«

Carl erklärte ihm, daß er niemals Schnaps trank. Der Wirt ließ sich nicht beirren. Er grinste unverschämt und blinzelte Carl unablässig zu, so daß Carl fürchtete, einem Verrückten in die Hände gefallen zu sein. Er bezahlte den Kaffee. Als der Wirt an einem anderen Tisch von den Qualitäten der österreichischen Gäste schwärmte, packte Carl seine Jacke und lief aus dem Lokal.

Für den Abend hatte Horak Carl zu einer Tarockrunde eingeladen. Sie trafen sich im Rauchsalon des Hotels, in dem die Abordnung der Wiener Schachgesellschaft wohnte. Die Hilfssekretäre waren damit beschäftigt, Zeitungsartikel auszuschneiden. Carl spielte mit Horak, Wolf und Fähndrich. Fähndrich war furchterregend blaß, daß es selbst Carl auffiel. »Sind Sie krank, Fähndrich?« fragte Horak trocken. »Pfui Teufel, oder was haben Sie schon wieder getrieben?«

Fähndrich sank noch weiter in sich zusammen. Schon den ganzen Tag litt er in stiller Demut an dem Gedanken, das verworfenste Subjekt auf Erden zu sein, das seinen Schutzbefohlenen dem Schicksal überließ. Keinem wagte Fähndrich in die Augen zu blicken.

Sie spielten wie Chirurgen, die sich vor einer gefährlichen Operation abzulenken trachteten. Es fiel kaum ein überflüssiges Wort. Nach den üblichen Zitaten und Kommentaren stand den Spielern nicht der Sinn. Niemand war mit den Gedanken bei den Karten. Die schrecklichsten Spielfehler wurden nicht bestraft. Während Carl auf sein Blatt starrte, dachte er an Lasker, Lina und die goldene Uhr.

Anna stürmte mit flatterndem Mantel und gerötetem Gesicht in den Salon. Carl begrüßte sie freundlich. Er war froh, daß sie ihn seinen Phantasien entriß. Er bot ihr einen Stuhl an.

Horak rieb sich die Augen. »Es ist spät«, brummte er. »Machen wir Schluß.«

Es war noch nicht einmal neun Uhr. Carl wunderte sich, sagte jedoch nichts. Sie rechneten ab. Horak und Wolf verabschiedeten sich von Carl mit einem stummen Druck seiner Schulter. Fähndrich, der nicht wagte, Carl zum Schlafengehen zu mahnen, schlich mit gequälter Miene aus dem Salon.

»Ich habe sie vertrieben«, sagte Anna. »Ich erkläre es dir ein anderes Mal.«

Ohne sich um die Leute im Salon zu kümmern, begann sie, Carl mit gedämpfter Stimme ein russisches Couplet vorzusingen. Carl verstand den Text nicht. Die Blicke der Gäste am Nebentisch waren ihm peinlich. Er rauchte mit gesenktem Kopf eine halbe Zigarrenlänge. Er atmete freier, als Annas Gesang endete.

»Das Lied handelt von einem kleinen Buben«, übersetzte sie. »Er hat in der Schule schlechte Noten bekommen und fürchtet sich vor seinem strengen Vater. Auf dem Weg nach Hause legt er sich in den Schatten einer Buche. ›Wenn ich die Prügel doch schon hinter mich gebracht hätte‹, denkt er. Er spricht ein verzweifeltes Gebet. Eine Fee erscheint. Sie gibt dem Buben eine Spule Zaubergarn. ›Wenn du daran ziehst, vergeht die Zeit. Paß aber auf! Zieh nicht zu stark! Und bedenke wohl, was du tust!‹

Die Fee verschwindet. Der Bub ist begeistert, gleich zieht er an dem Garn. In einem Augenblick altert er um ein halbes Jahr. Er ist ein Stück gewachsen, seine Zähne sind länger geworden. Er dankt dem Himmel, daß er die Schläge seines Vaters nicht erlebt hat.

Von da an benutzt er das Garn bei vielen Gelegenheiten. Vor dem Zahnarzt, vor Prüfungen, sogar vor einem großen Fußballspiel, in dem er Verantwortung trägt. Später vor manch hartem Arbeitstag oder wenn er krank wird, wenn seine Frau mit ihm schimpft, wenn seine Kinder nachts zu laut schreien. Eines Tages führt ihn sein Weg zu jener Buche, wo er viele Jahre zuvor das Garn empfangen hat. Das Haar des Mannes ist weiß. Er ist achtzig Jahre alt und hat nur zwanzig Jahre davon gesehen. Schuldbewußt erinnert er sich an sein Leben. Er beginnt zu weinen. Er bereut, jemals an der Spule gezogen zu haben. Die Fee erscheint. Sie nimmt das Garn an sich. Der alte Mann schläft traurig ein. Als er erwacht, ist er wieder der kleine Bub, der sich vor seinem

Vater fürchtet. Glücklich läuft er nach Hause und läßt die Prügel über sich ergehen.«

»Eine schöne Geschichte«, sagte Carl. »Nein, so ein Garn brauche ich nicht. Ich habe ein ganz anderes Problem. Ich fürchte mich nicht vor der morgigen Partie. Ich fürchte mich davor, sie gewinnen zu müssen.«

Carl legte alle Scheu ab, die ihn sonst fesselte. Er wollte die Gedanken, die ihn den Tag über gemartert hatten, jemandem mitteilen. Er wiederholte, er müsse die letzte Partie gewinnen.

»Warum? Ein Unentschieden genügt dir doch.«

»Es genügt nicht. Das ist es ja. Es genügt, um den Weltmeistertitel zu erringen, aber es genügt nicht, um ein wahrer Weltmeister zu sein.«

Carl sprach von dem unverdienten Sieg in der fünften Partie. Eine ehrenvolle Weltmeisterschaft gründe nicht auf einem solchen Zufall. Carl mußte mit dem Gewinn der zehnten Partie beweisen, daß er der Stärkere war. Er mußte von seinem bisherigen Spiel abweichen. Er mußte die Partie auf Sieg anlegen. Nicht mauern, angreifen mußte er.

»Ich dürfte mich da nicht einmischen. Ich verstehe vom Schach zuwenig. Aber ich frage trotzdem: Könnte dir dieses Vorhaben nicht übel bekommen? Es heißt, dir liegt es nicht, auf Angriff zu spielen.«

»Ich habe es ja noch nicht oft versucht«, erwiderte Carl. »Schon möglich. Doch was soll ich sonst tun? Wie ich bisher gespielt habe, kann Lasker mir nichts anhaben. Er kann mich nicht schlagen, so unbegreiflich es ist.« Carl zuckte die Schultern, und sein Lachen wirkte ein wenig hilflos. »Nach einem weiteren Unentschieden hätte ich den Titel wirklich nicht verdient. Daher muß ich auf eine Entscheidung spielen. Deshalb muß ich mich bemühen zu gewinnen.«

Anna stellte die herausfordernde Frage, ob Carl das, was er da sagte, für vernünftig halte. Sie bekam keine Antwort. Carls Aufmerksamkeit galt einem kantigen, mageren Mann mit melancholischem Blick, der in einem schwarzen Frack an das Piano trat. Der Mann verbeugte sich. Carl kannte das helle Motiv, das der Pianist anschlug. Er lauschte gebannt. Anna summte die Melodie. Die Musik kämpfte mit Carls erregten Gedanken um die Weltmeisterschaft. Sie blieb siegreich. Während des Konzertes wechselten Anna und Carl kein Wort. Anna stand auf. Carl erhob sich höflich. »Alles Gute«, sagte Anna. »Wem Gott ein Talent gibt ... «

Carl begriff den Sinn dieser Worte nicht. Das Zitat stammte aus keinem der zehn klassischen Werke, die er gelesen hatte. Dennoch bekundete er mit freundlichem Lächeln sein Verständnis. Er geleitete Anna zur Tür und dankte für ihre Gesellschaft. Er hastete an seinen Platz zurück. Obwohl er kaum die Augen offenhalten konnte vor Müdigkeit und obwohl er noch die Eröffnung für die Partie vorbereiten sollte, brachte er es nicht fertig zu gehen. Der Pianist besaß keine überragende Meisterschaft, doch er spielte solide, und seine Musik ließ Carl an die wärmsten Stunden seines Lebens denken.

Um ein Uhr früh wurde der Salon geschlossen. Der dünne Pianist mit den schwermütigen Augen hatte Carl alles Pflichtbewußtsein vergessen lassen. Carl bat, er bettelte um eine Zugabe. Sie wurde ihm gewährt. Er steckte dem Pianisten einen Geldschein zu.

Gegen halb drei stieß Carl die Tür zu seinem Hotelzimmer auf. Das Schachbrett beachtete er nicht. Wie in einem trüben Rausch zog er sich aus und kroch unter die Decke.

Nach der neunten Partie hatte Lasker voller Verzweiflung Martha, die Frau, die er seit Jahren verehrte, gebeten, zu ihm ins Spiellokal zu kommen und ihm während der letzten Partie beizustehen. Sie ließ ihm ausrichten, sie könne ihm nicht helfen. Ihr Mann war gestorben. Sie saß zu Hause und trauerte. Lasker war bei allem nüchternen Verstand nicht ganz frei von Aberglauben. Von Marthas Anwesenheit, die ihm schon gegen Tarrasch Glück gebracht hatte, hatte er sich die Wende erhofft. Nun mußte er das Problem Haffner allein lösen.

Am Tag vor der zehnten Partie rührte er das Analysebrett nicht an. In der Eröffnungstheorie war Haffner ihm überlegen, das konnte man nicht in ein paar Stunden ausgleichen. Lasker legte sich in Gedanken einen Schlachtplan zurecht. Er wollte eine Eröffnung wählen, die ihm bei der zu erwartenden vorsichtigen Entgegnung Haffners eine geringe, aber nachhaltige Initiative sicherte. Vielleicht konnte er Haffner auf der langen Strecke einer solchen Partie zu einem entscheidenden Fehler zwingen.

Damit war die Vorbereitung erledigt. Lasker fuhr zum Fischen. Danach spielte er mit seinem Bruder Berthold Karten. Sie aßen in einem noblen Restaurant. Abends gönnte er sich eine teure Zigarre. Er ging zeitig zu Bett. Am Tag der Partie erwachte Lasker mit unruhigen Händen, aber von einem einzigen, festen Gedanken erfüllt: Er wollte um alles in der Welt diese letzte Partie gewinnen.

Wie immer war er der erste am Brett, darauf achtete er. Er stellte sich neben den Schiedsrichter auf das Podest und wartete mit erhobenem Kopf auf Haffner.

Im Schach ist es wie im Leben: Man darf nur angreifen, wenn der Gegner einem zuvor die Waffen dazu in die Hand gedrückt hat.

Anna stand an den Tischen, an denen Erfrischungen ausgeschenkt wurden. Mit scharfem Blick musterte sie die Leute, die sich in den überfüllten Saal drängten. Jemand hielt ihr von hinten die Augen zu. Sie drehte sich um und sah in das feiste Gesicht Georg Hummels. Hinter ihm nickten ihr Rothschild und Präsident Mandl zu. Mit einem Freudenruf umarmte Anna Hummel.

Hummel hatte es nicht mehr ertragen, in Wien zu sitzen und die telegraphische Zugübermittlung zu erwarten. Er wollte dabeisein, wenn ein Wiener Weltmeister wurde. Er vertröstete seine Auftraggeber unter abfälligen Bemerkungen über ihre Intelligenz auf die Zeit nach dem Wettkampf. Er riskierte dabei nicht allzuviel, denn seine kräftige Feder war für die Zeitungen unverzichtbar. Den Freiherrn von Rothschild mußte Hummel kaum überreden. Mandl hatte sich lange geziert.

Hummel hielt einen Stoß Zeitungen unter dem Arm. Er wies auf die Ausgabe, die den Revueartikel enthielt, und formte mit Daumen und Zeigefinger ein Zeichen, das Anna ausgezeichnete Arbeit bestätigte. Dann stach er mit dem Finger nach Horak, der ein paar Schritte entfernt an einem Glas Portwein nippte. Hummel zwinkerte Anna grinsend zu. Er zwängte sich durch die Menge und klatschte Horak von hinten die Zeitung auf die Schulter.

»Sie Schlingel!« hörte Anna. »Ich habe Ihnen etwas mitgebracht. Über Sie erfährt man ja schöne Dinge!«

Anna konnte das Gespräch nicht weiterverfolgen. Der Saal applaudierte. Anna reckte den Kopf und sah Fähndrich, der unter kompromißlosem Einsatz seiner Arme Carl einen Weg zum Podest bahnte. Es wurde geschoben und gerempelt. Hier und da fielen Stühle um, Gläser zersprangen am Boden. Anna verschüttete ihren Rettichsaft. Die Schachmeister hielten sich etwas zurück, doch die gewöhnlichen Besucher klatschten und brüllten und benahmen sich so verrückt, daß Anna alle Hemmungen fahrenließ. Sie warf ihr Glas zu Boden und quiekte, heulte und schrie, bis ihr die Luft ausging. Sie tat dies nicht aus Entsetzen oder Angst vor der entfesselten Masse, in deren Mitte sie steckte, sondern weil es ihr Spaß machte. Ihr war einfach danach.

In dieser Atmosphäre von Ungezügeltheit und Spannung konnte Dr. Lewitt nicht umhin, eine Rede zu halten. Einen großen Gefallen tat er den Hauptakteuren nicht damit, daß er weitschweifig über den bisherigen Wettkampf sprach und zuletzt die Ausgangsposition vor der zehnten Partie wiederholte. Lasker starrte Carl selbstsicher an, wünschte sich gleichwohl nichts sehnlicher, als diese Partie endlich hinter sich zu bringen. Carl trat von einem Fuß auf den anderen. Er mußte dringend zur Toilette. Es war ihm jedoch unangenehm, sich unter den Augen aller zu der beschilderten Tür zu schleichen. Zudem fror er. Mit seinen klammen Händen wischte er sich Schweiß von der Stirn. Er fühlte sich, als hätte er Fieber.

Der Schiedsrichter verlas der Form halber die Bedingungen, unter denen die Partie ausgetragen wurde. Carl vergaß seine Scham, sah nicht rechts, nicht links und stürzte zur Toilette. Seine Gedärme schieden Wasser aus. Carl zitterte am ganzen Körper. Er beeilte sich. Wie ein zum Tode Verurteilter stieg er auf das Podest. Im Saal hörte man nichts als das Ticken der Schachuhr.

Lasker, der die weißen Steine führte, hatte bereits gezogen. Er starrte Carl unverwandt an. Mit einem heiseren Seufzer setzte Carl sich, drückte Lasker die Hand und machte seinen Gegenzug. Seine Gedärme murrten wieder, und zwar so heftig, daß er Laskers Zug nicht abwartete und gleich zur Toilette lief. Sie war besetzt. Carl kehrte ans Brett zurück. Er erwiderte Laskers zweiten Zug im Stehen und verschwand hinter der gekennzeichneten Tür.

»Es scheint ihm nicht gutzugehen«, raunte Anna.

»Er hat die Hosen voll«, knurrte Hummel. »Nur keine Aufregung. Das gibt sich.«

Nach dem fünften Zug war es die eben entleerte Blase, die Carl hinaustrieb. Von da an peinigten ihn seine Ausscheidungsorgane nicht mehr. Nur die Kälte wich nicht. Carl rieb sich Hände und Arme, er stand auf und ging umher. Nichts half. Er trank ein Glas Rotwein, um seinen Kreislauf anzuregen.

Im Spielsaal gab es nun mehr Platz, weil viele Meister sich in benachbarte, mit Demonstrationsbrettern ausgestattete Räume zurückgezogen hatten, wo sie lebhaft über die Partie diskutierten. Boten hielten sie auf dem laufenden. Haffner hatte entgegen allen Erwartungen eine sehr anspruchsvolle Eröffnung gewählt, die auf keinen ruhigen Verlauf des Spiels schließen ließ. Man tauschte Meinungen über Haffners Beweggründe aus.

Hummel stand, die Arme hinter dem Rücken verschränkt, in einem Winkel, um den ganzen Saal überblicken zu können. Er bewegte sich nicht von der Stelle. Er wirkte wie ein Aufpasser, wie ein jederzeit zum Eingreifen bereiter Polizist. Tatsächlich machte er sich um den Verlauf der Partie, die er mit Seitenblicken zum Demonstrationsbrett verfolgte, keine Sorgen. Er sah Lasker und Haffner als zwei Leute, die, einen mächtigen Steinblock zwischen sich, fünfzig kräftige Männer im Rücken, einander gegenüberstanden. Die Helfer waren die individuelle, personifizierte Stärke des jeweiligen Spielers. Die Partei Lasker drückte mit aller Gewalt den Block in Haffners Richtung, der Wiener hielt dagegen. Einmal schon war Lasker beim Schieben hingefallen und unter den Stein geraten. Wenn er sich nicht versah, blühte ihm an diesem Tag dasselbe. Mehr als ein Unentschieden konnte der Deutsche gegen Haffner nicht erreichen, das hatte Hummel bereits vor dem Wettkampf gewußt. Niemand hatte ihm geglaubt. Jetzt gafften alle und konnten die Sensation nicht fassen.

Seine Betrachtungen erfüllten Hummel mit solcher Zufriedenheit, daß er bei jedem Zug, der vorne am Podest ausgeführt wurde, kicherte wie ein Betrunkener. Nach einer Weile fiel es ihm selbst auf. Er fragte Anna, ob man irgendwo Cognac bekäme. Als Carls zehnter Zug für Aufregung im Saal sorgte, kaute Hummel vor dem Erfrischungsstand an einer Virginia und freute sich über die Wärme in seinem Magen.

In den Nebenräumen rief alles durcheinander. Meister Lipke, der pathetischen Gesten nicht abhold war, bemerkte: »Das ist der aggressivste Zug in Haffners Leben!« Wenn das auch übertrieben war, fragte sich doch jeder Meister, woher Haffner den Mut zu seiner Entscheidung nahm. Er benötigte ja nur ein Unentschieden. Nun beschwor er ein äußerst zweischneidiges Spiel herauf. Dabei war Haffners Zug positionell gesund und stark, aber – erwarten hatte ihn niemand können.

Lasker hatte sich etwas zu trinken besorgt. Mit gewohnt aufrechtem Gang kehrte er ans Brett zurück. Er sah Haffners Zug. Hitze stieg in ihm auf. Es dauerte einige Zeit, bis er sein Glas abstellte und, den Blick nicht von den Figuren abwendend, sich auf seinem Stuhl niederließ. Die Stellung war nach wie vor zumindest ausgeglichen, diesbezüglich hatte Lasker keinen Kummer. Im Grunde sollte er frohlocken: Zum erstenmal wagte der Wiener sich aus seinem Bau. Doch kam dies für Lasker so überraschend, daß es ihn unangenehm berührte, ja sogar ein wenig aus der Fassung brachte. Er war ganz darauf eingestellt gewesen, stundenlang eine Festung zu berennen, und jetzt kam ihm der Gegner auf halbem Weg entgegen.

Lasker fuhr sich durchs Haar. Er hob sein Glas, setzte es wieder ab. Er stützte den Kopf mal in die eine, mal in die andere Hand.

Annas Augen tränten. Wohin sie blickte, jeder Anwesende hielt eine Zigarre oder eine Zigarette in der Hand. Sie steckte das Notizbuch weg, in dem sie ihre Eindrücke festhielt, und lief hinaus auf die Straße. Die Luft draußen erfrischte sie. Doch so gut Anna die Schritte durch den Schnee taten, sie hielt es nicht lange vor der Hoteltür aus. Es war nicht die Spannung um den Ausgang des Kampfes, die sie zurück in den stickigen Saal trieb. Anna forschte mit geradezu voyeuristischer Gier in den Mienen der Zuschauer. Für die Versammelten war das Brett zwischen den beiden Männern auf dem Podest der Mittelpunkt der Welt. Die Augen mancher Meister im Saal leuchteten wie die religiöser Fanatiker.

»Ein Spiel«, dachte Anna. »Zuletzt bleibt es ein Spiel. Es liegt keine Botschaft in einer Schachpartie. Ich verstehe diese Menschen nicht..«

Carl bemerkte, daß er stank. Schweiß klebte ihm das Hemd kalt an den Leib. Es war ein heller, scharfer Geruch. Carl vergaß ihn gleich wieder.

Horak lehnte mit verkreuzten Armen an der Wand. Er hatte den Revueartikel gelesen und stumm an Wolf weitergereicht. Er verfolgte die Partie mit unbewegtem Blick. Wenn ihm der Zeitungsbericht einfiel, biß er sich auf den Schnauzer. Hin und wieder lachte er nervös auf.

Fähndrich saß auf dem schmutzigen Boden und betete.

Hummel trank Cognac. Er sah seltener zum Demonstrationsbrett.

Die Meister in den Nebenräumen hatten aufgehört zu diskutieren. Jeder beschäftigte sich im stillen mit der Partie, um nicht durch ein Gespräch von ihrem Fortgang abgelenkt zu werden. Deutlich hörte man das Klirren der Gläser, die ein Kellner auf einem Tablett umhertrug.

Der zwölfte Zug. Der vierzehnte. Ein kleiner Fehler Laskers. Auf Haffners kluge Erwiderung der fünfzehnte Zug. Wiederum eine Ungenauigkeit des Weltmeisters.

Hummel nahm sich nicht die Zeit, die Stellung im Detail zu prüfen. Ein Blick auf das Stellungsbild genügte ihm. Das war keine typische Haffner-Stellung. Warum ließ dieser Narr sich auf so ein Spiel ein? Wieso drückte er den Steinblock in Laskers Richtung, anstatt die Beine breit in den Boden zu stemmen und bloß dagegenzuhalten?

Hummel lud Anna zu einem Cognac ein. Er leerte seine Taschen. Mit Zigarren, Streichhölzern, schmierigen Notizzetteln, Schreibzeug, Zeitungen und Nagelfeile baute er sich auf dem Erfrischungsstand ein Nest. Er gedachte seine Position einige Zeit nicht zu verändern.

Der einzige im Saal, den die Partie nicht zu interessieren schien, war Dr. Lewitt. Er hofierte den Freiherrn von Rothschild. Persönlich brachte er dem berühmten Gast Getränke und Brötchen mit Kaviar. Er bemühte sich, mit gescheiter Konversation zu unterhalten. Er sprach über die Geschichte des Schachs, zog daraus Rückschlüsse über den Dreibund Österreich – Deutschland – Italien und offenbarte mit gedämpfter Stimme seine Meinung über die letzte Balkankrise. Er gab keine Ruhe, bis Rothschild unwirsch erklärte, die Reise nach Berlin wegen dieser Schachpartie unternommen zu haben und auf gelehrte Vorträge verzichten zu können. Wenn es nicht anders ging, wollte er Herrn Lewitt nach dem Spiel wiedersehen.

Dr. Lewitt wandelte kopfschüttelnd durch den Saal. Die Erkenntnis, daß der bedeutendste Schachmäzen Europas ein kulturloser Geselle war, entsetzte ihn.

Der zwanzigste Zug. Der zweiundzwanzigste, der fünfundzwanzigste. Lasker fraß einen Bauern seines Gegners.

Hummel verließ seinen improvisierten Wohnzimmertisch, um den noch immer in einer Ecke knienden Fähndrich zum Erfrischungsstand zu führen. Auf dem Rückweg hielten sie an der Schautafel inne.

Hummel studierte die Stellung. Er trat einen Schritt zurück und kniff ein Auge zu. Zehn Minuten lang schätzte er Vor- und Nachteile der beiden Parteien ab. Er begann zu lächeln. Er blickte zu Fähndrich. Dessen Augen leuchteten, Hummel klatschte in die Hände und lachte laut auf. Die Umstehenden zischten »Pssst!« und tadelten ihn mit unfreundlichen Blicken.

Laskers Uhr tickte. Carl saß nicht am Brett. Er stand abseits und plauderte mit Horak.

Hummel legte Fähndrich den Arm auf die Schulter. Am Erfrischungsstand tranken sie einen Cognac auf das Spiel der Könige.

Die Partie wurde abgebrochen. Carl verabschiedete sich auf französisch. Aus den Nebenräumen drängten die Meister in den Saal. Den Kellnern wurden von allen Seiten Bestellungen zugerufen. Am Erfrischungsstand dröhnte Hummels Baß. Alles lief durcheinander. Die Meister untermalten mit Gesten die Sensation des Partieverlaufs. In Carls Lager, dem sich die führenden Meister der Welt angeschlossen hatten, sprach man von einer sechzig- bis siebzigprozentigen Gewinnchance für den Österreicher.

Abends lud der Freiherr von Rothschild die Wiener Delegation in eines der besten Restaurants der Stadt ein. Carl ließ sich durch Fähndrich entschuldigen. Er mußte noch analysieren und konnte sich daher nicht anschließen. Mandl wollte ihn umstimmen, doch Hummel hielt den Präsidenten zurück. »Er soll sich ausruhen. Schließlich wird er morgen Weltmeister.«

Dieses Gespräch fand im Foyer des Hotels Kaiser statt. Man machte sich zum Aufbruch bereit. Hummel schlug sich mit der Hand gegen die Stirn. »Ich habe etwas vergessen«, rief er aus. »Geht nur, ich hole euch auf der Straße ein.«

So schnell es seine Fettleibigkeit erlaubte, bewegte Hummel sich über die Treppe hinauf in das Stockwerk, in dem Carl wohnte. Er klopfte zaghaft an Carls Tür. Als sich dahinter nichts regte, zog Hummel einige Zeitungsausschnitte aus der Tasche. Ächzend kniete er nieder und schob die Blätter durch den Spalt zwischen Boden und Tür in Carls Zimmer. Hummel richtete sich auf, strich seine Hose glatt und trampelte nach unten.

Die meisten der Artikel stammten von Hummel selbst. Sie bejubelten das Spiel des Herausforderers und sagten ihm den Sieg im Wettkampf voraus. Die Ausschnitte sollten Haffner eine angenehme Bettlektüre sein.

Fähndrich weckte Carl zeitig. Als Carl die Tür öffnete, vernahm er ein Rascheln unter seinen Schuhen. Er las die Überschriften der Artikel und legte die Blätter achtlos auf das Bett. Nach dem Frühstück willigte Carl ein, mit Fähndrich ein Glas Sekt zu trinken. Fähndrich gab die lustigsten Ereignisse des vergangenen Abends zum besten. Bei der Schilderung, welche kühnen Revolutionslieder der betrunkene Hummel gesungen hatte, klatschte Carl sich vor Vergnügen auf die Schenkel. In ihrer Unterhaltung übersahen Carl und Fähndrich beinahe die Zeit. Ihre Stimmung war wie die von Menschen, die zwei Tage nicht geschlafen, aber den toten Punkt der Müdigkeit überwunden hatten.

Lasker stand beim Brett, als Carl auf das Podest stieg. Ein Fotograf machte Aufnahmen. Der Schiedsrichter sprach die übliche Einleitung und setzte die Uhr in Gang. Ein Großteil der Meister zog sich in Nebenräume zurück. Der allseits beliebte Hummel hielt am Erfrischungsstand hof.

In den ersten Minuten der Spielzeit wurde Carl wieder von seiner Verdauung gepeinigt. Hummel kommentierte Carls Wege zwischen Toilette und Podest scherzhaft mit einem rüden Ausdruck. Für die Maßregelung durch Umstehende, die ihn nicht kannten, dankte Hummel mit Verbeugung und militärischem Salut. Daraufhin hielten sich die Wiener Meister nahe am Erfrischungsstand. Hummel näherte sich jener Laune, in der er imstande war, große Versammlungen zu unterhalten, und das durfte man sich nicht entgehen lassen.

Die Züge einunddreißig, zweiunddreißig, dreiunddreißig. Haffners Züge waren folgerichtig und hatten Kraft. Um Laskers König, der in der Mitte geblieben war, pfiff ein eisiger Wind.

Rothschild trat zu dem Fotografen. »Wollen Sie mir einen Gefallen tun? Machen Sie ein paar Bilder von diesen beiden Herren!« Er wies auf Mandl und Dr. Lewitt. »Aber verschweigen Sie bitte, daß Sie auf meinen Auftrag handeln.«

Der Fotograf nahm den Geldschein, den Rothschild zwischen den Fingern rieb. Die Zigarette lässig im Mundwinkel, holte er seinen Apparat.

Rothschild flüsterte Hummel ins Ohr, worum er den Fotografen gebeten hatte. Hummel zog erfreut eine Braue hoch. Sie beobachteten das Gespräch des Fotografen mit seinen Opfern. Dr. Lewitt und Mandl wehrten zunächst ab, ließen sich aber doch überreden. Die Vorbereitungen für die Aufnahmen begleitete Hummel am Erfrischungsstand mit szenischer Komik. Er warf sich in die Brust, spuckte in die Hände und glättete sein Haar. Als er Rothschild stolz sein Profil präsentierte, wurde er von Fähndrich am Ärmel gezupft. Hummel legte einen Finger an die Lippen und rollte die Augen.

»Hören Sie mit dem Unsinn auf, kommen Sie!« stieß Fähndrich hervor. Er zerrte Hummel zum Demonstrationsbrett.

Lasker hatte eben seinen vierunddreißigsten Zug ausgeführt. Hummel vertiefte sich in die Stellung. Fähndrich, dessen Ohren dunkelrote Farbe angenommen hatten, achtete auf jede Regung in Hummels Gesicht.

Noch ehe Hummel ein Urteil über die Stellung verlautbart hatte, machte Carl den Gegenzug. Ein Sekretär trug den Zug am Demonstrationsbrett nach. Hummel schnappte nach Luft. Er drängte Fähndrich in einen Nebenraum. Die dort versammelten Meister lachten und schüttelten den Kopf.

»Ist er verrückt?« zischte Hummel. »Was treibt er da? Warum hat er den Springer nicht in die Mitte gespielt?«

»Meine Meinung!« rief Fähndrich. »Es sieht wirklich aus, als wollte er die Partie unbedingt gewinnen.«

Hummel hörte sich unter den anderen Meistern um. Die Mehrheit teilte seine Ansicht. Hätte Haffner den Springer zur Mitte gezogen, hätte er eine sichere Druckstellung erlangt und zumindest das Unentschieden bequem erzwingen können. Der von Haffner gewählte Zug war objektiv betrachtet allerdings noch stärker. Doch es war ein Angriffszug, der das Remis ausschlug. Es bestand kein Zweifel: Jemand mußte Haffner ein Rauschmittel in den Kaffee gerührt haben. Der Wiener war von allen guten Geistern verlassen. Er spielte auf Sieg.

Hummel watschelte durch die Nebenräume. Nun half ihm auch der genossene Cognac nicht mehr. Mit einem nicht sehr sauberen Taschentuch wischte er sich Schweiß von der Stirn. Seine Hände zitterten so stark, daß er es fast nicht fertigbrachte, sich eine Zigarre anzustecken. Den Spielsaal wollte Hummel nicht mehr betreten. Er ließ sich von Fähndrich mit Cognac versorgen. Von einem dieser Dienstwege zurückgekehrt, berichtete Fähndrich mit sich überschlagender Stimme, daß Haffner durch den Spielsaal flaniere und in aufgeräumter Stimmung mit Bekannten spreche. Hummel tippte sich an die Schläfe. Vor Aufregung brach er beinahe in Tränen aus.

Lasker zog zum fünfunddreißigsten Mal. Ein Bote

hastete durch die Räume und führte den Zug an allen Demonstrationsbrettern aus. Die Mehrzahl der Meister nickte befriedigt und rieb sich die Hände. Es war die bei weitem spannendste Partie des Wettkampfes geworden, wild, verwickelt, fast im Stil der alten Romantiker.

Haffner überlegte bereits elf Minuten an seinem Gegenzug. Das beunruhigte niemanden. Der Wiener hatte reichlich Bedenkzeit erspart.

Als Haffner achtzehn Minuten lang nicht gezogen hatte, nahm Hummel widerwillig die Qual auf sich, die Stellung eingehend zu studieren.

Carl dachte nicht über seinen Zug nach. Er überlegte, woher er die Stellung kannte. Eine ganz ähnliche Stellung hatte er schon einmal am Brett gehabt. Er erinnerte sich nicht, zu welcher Gelegenheit und wo, doch es mußte vor sehr langer Zeit gewesen sein. Gegen wen hatte er damals gespielt?

Zweiunddreißig Minuten. Hummel stieß Fähndrich an. Er deutete auf das Demonstrationsbrett. »Leide ich an Halluzinationen?« fragte er mit glänzendem Blick. »Oder sehen Sie das wie ich?«

Carl fiel ein, gegen wen er damals gespielt hatte. Er mußte lachen. Er wandte sich wieder der Partie zu.

Vierundvierzig Minuten. Hummel hielt Fähndrichs Hand. Erst jetzt hatten die Meister vor den Schautafeln Haffners tiefe Konzeption begriffen. Der Herausforderer hatte den Weltmeister geradezu genial an die Wand gespielt. Zog Haffner nun den Turm nach d8, lag Laskers Stellung in Trümmern. Dann konnte der Deutsche sogleich aufgeben. Es gab keine Rettung.

Einundfünfzig Minuten. Zweiundfünfzig. Carl dachte über zwei Möglichkeiten nach. Spielte er den Turm nach d8, war die Partie in einigen Minuten zu Ende, und er hatte in ansprechender Art gewonnen. Schlug er mit dem Turm auf f4, opferte er also den Turm für eine Leichtfigur, bestand auch Aussicht auf den Sieg, und mehr noch, es bestand die Aussicht, der Schachwelt einen Diamanten zu schenken, eine Partie zu spielen für die Ewigkeit. Der erste Weg war sicher, der zweite recht riskant.

Seit achtundfünfzig Minuten überlegte Haffner an seinem Zug. Anna bemerkte, daß Carl unverständliche Worte murmelte. Er war blaß. Seine Finger spielten mit geschlagenen Steinen neben dem Brett. Lasker saß zusammengesunken auf seinem Stuhl. Er stützte den Kopf mit den Händen. Man sah sein Gesicht nicht. Die Zigarre zwischen seinen Fingern schien er vergessen zu haben. Die Asche brach ab, rollte über Laskers Hand und fiel auf das Brett. Carl sagte »Pardon!« und blies sie weg. Lasker regte sich nicht.

Eine Stunde, vier Minuten. »Worauf wartet er?« schrie Hummel auf.

Carl schlug mit dem Turm auf f4. Er stand auf und massierte seine Lider. Er schlenderte zu Wolf

»Warum nicht Turm nach d8?« flüsterte Wolf erregt.

Carl zuckte die Achseln. »Geschmackssache.«

Carl fragte Anna, wie sie es aushielt, stundenlang einer Schachpartie zu folgen, ohne sich ein einziges Mal zu setzen. Anna lachte. »Weißt du, wie viele Stunden ich schon bewegungslos vor einem Maler stehen mußte?«

Carl trat an den Erfrischungsstand. Er vermißte

Hummel. Neben ihm erwogen Mandl und Dr. Lewitt, in welchen Zeitungen ihr Foto erscheinen würde. Carl trank ein Glas Milch. Niemand wagte ihn anzusprechen. Man wollte seine Konzentration nicht stören. Dabei hätte Carl sich gern mit jemandem unterhalten. Er setzte sich ans Brett. Sein Geist drang wieder in die Stellung ein. Hummel rückte seinen Stuhl in einen Winkel, wo er das Demonstrationsbrett nicht sehen konnte. Fähndrich brachte ihm ein Stamperl Cognac. Hummel wehrte ab. Es ekelte ihn davor.

Der siebenunddreißigste Zug, der achtunddreißigste. Hummel zählte die Flecken auf seiner Hose. Fähndrich berichtete ihm, daß Haffner über seinen neununddreißigsten Zug bereits zwanzig Minuten nachdachte.

»Wie sieht es aus?« fragte Hummel matt.

»Ich bin mir nicht sicher. Mieses und Tartakower glauben, er kann Remis erzwingen. Ich meine, es wäre vielleicht sogar mehr möglich.«

Hummel sprang auf. Rücksichtslos schob er die Meister zur Seite, die vor der Schautafel diskutierten.

Carl hatte eingesehen, daß er sich mit dem Schlagen auf f4 verrechnet hatte. Nun gab es wiederum zwei Möglichkeiten. Er konnte sich das Unentschieden sichern, indem er mit der Dame auf h4 Schach bot und damit in eine günstige Abwicklung einlenkte. Wenn er aber die Dame auf h1 zog, setzte er den Angriff fort. Genaugenommen war dies der einzige Weg, die Partie doch noch zu gewinnen. Allerdings mußte Lasker ihm dazu den Gefallen tun, einen Fehler zu begehen. Unterlief Lasker kein Schnitzer, wurde Carls Angriff abgeschlagen, und der Deutsche gewann.

Fähndrich gestand ein, sich geirrt zu haben. Die Meister in den Nebenräumen kamen einhellig zu dem Urteil, daß der Damenzug nach h4 Remisschluß erzwang. Alles andere war ein tollkühner Sprung ins Grab.

Der Bote trat ein. Hummel schloß die Augen. Er hörte die Atemzüge seines Nachbarn. Rufe erschallten. Jemand schlug mit der Faust auf einen Tisch. Hummel blinzelte. Die Dame stand – nicht auf h4, auf h1.

Fähndrich machte die Gebärde des Aufhängens. Hummel wankte hinaus in den Spielsaal. Am Erfrischungsstand bat er um ein Glas Wasser. Anna mußte seine Zigarre anzünden.

»Es sieht nicht allzugut aus, höre ich.«

»Er ist schon im Himmel, er weiß es nur noch nicht. Oder weiß er es doch? Ist ja einerlei.« Hummel murmelte es, ohne Anna anzusehen. »Was habe ich hier eigentlich zu suchen?« Hummel räumte seinen Platz am Erfrischungsstand. Er lief grußlos aus dem Hotel.

Carls Angriff stockte, wie es die Kiebitze vorhergesagt hatten. Die Partie wurde abgebrochen und auf den folgenden Morgen vertagt. Horak und gut ein Dutzend anderer Meister stürzten sich auf Carl. »Was ist Ihnen da eingefallen?« rief einer. »Alles hätten Sie haben können, Gewinn, Remis, ganz nach Belieben!« – »Überlegt eine Stunde und spielt wie ein Kind!« – »Narr, hält den Sieg in Händen ...«

»Erzählen Sie mir nicht, Sie hätten den Turmzug nach d8 nicht gesehen«, sagte Horak finster. »Jeder Anfänger kann drei Züge weit rechnen.«

»Den Turm nach d8? Das habe ich übersehen. Entschuldigen Sie, ich muß an die frische Luft.«

Man wollte Carl zurückhalten. Er hob beschwörend die Arme und rannte aus dem Hotel. Er lief, bis er das Schild des Hotels Kaiser sah. Er versperrte sein Zimmer und warf sich auf das Bett. Nicht einmal die Schuhe zog er aus. Seine Lunge stach, als würde sie auseinandergerissen. Sein Herzschlag würgte ihn.

Er verschnaufte ein wenig. Dann schloß er die Vorhänge, um weder durch die Sonne noch die Aussicht auf die Prachtbauten gegenüber seines Fensters von seiner Arbeit abgelenkt zu werden. Er analysierte die Partie elf Stunden ohne Unterbrechung. Daneben verzehrte er einen Kaiserschmarren, seine Leibspeise, die Fähndrich beim Hotelkoch in Auftrag gegeben hatte.

Spätnachts legte Carl sich schlafen. Er hatte erkannt, daß der Materialnachteil zu seinen Ungunsten entscheiden mußte. Wenn Lasker nicht patzte, war die Partie für Carl verloren.

Bei der Wiederaufnahme war das innere Befinden der beiden Spieler augenfällig. In Haffners fahlem Gesicht zuckte es unablässig. Er rauchte zwei Zigarren gleichzeitig, ohne es zu merken. Ab und zu fuhr er sich mit dem Handrücken über die Stirn. Dabei versengte er sich das Haar. Er vermied es, seinen Gegner anzusehen.

Wenn Lasker am Brett saß und nicht am Zug war, starrte er Haffner an. Der Weltmeister wirkte ausgeruht. Er sog mit Genuß an seiner Zigarre und verbrauchte für seine Züge wenig Zeit. Er ging im Saal umher, seine Augen blitzten. Entspannt plauderte er mit Freunden.

Jeder Meister im Haus wußte, daß die Partie entschieden war. Man dachte mit Mitleid an Haffner, der auf dem Podest einsam nach einem Ausweg suchte, den es nicht gab. Einzig Hummel lächelte sauer und sagte: »Zäher und geschickter verteidigt sich niemand auf der Welt. Warten Sie ab. Haffner hat schon ganz andere Stellungen gehalten.«

Nach sechzig Zügen war die Lage so aussichtslos, daß Carl überlegte aufzugeben. »Verliere ich eben«, dachte er. »Hauptsache, Lina liebt mich.«

Die goldene Uhr fiel ihm ein. Er raffte sich noch einmal auf. Doch welche Kniffe er anwandte, Lasker verfolgte den richtigen Plan unerbittlich. Am dritten Tag der zehnten Partie spielte der Weltmeister endlich weltmeisterlich. Nicht die geringste Gegenchance ließ er dem Österreicher.

Die letzten Züge führte Carl nur noch aus, um sich innerlich auf die Niederlage einzustellen. Er dachte an gemütliche Tarockrunden, an Zeitunglesen im Kaffeehaus, an Spaziergänge, an sein behagliches Leben ohne die Last des Weltmeistertitels. Er erinnerte sich des Lavendelduftes in Linas Wohnung, der gemeinsamen Jausen, der Klavierkonzerte. Er hatte ja Lina, er brauchte gar keine Weltmeisterschaft.

Hummel und Fähndrich erfuhren von Haffners Aufgabe vor dem Hotel. Sie schlurften mit hängenden Köpfen zur nächsten Kreuzung und zurück, um nicht im engen Spielsaal auf das Ende warten zu müssen. Horak trat auf die Straße und bedeutete ihnen von weitem mit einer Handbewegung, daß alles vorbei war. Hummel blieb stehen. Er spuckte aus und fluchte. Fähndrich ergriff ihn am Arm. »Und jetzt gehen wir hinein und gratulieren Haffner«, sagte er. »Trotzdem.«

Die Schlußfeier sollte zwei Stunden nach der letzten Partie stattfinden. In der Zwischenzeit wurden Prominente verständigt, die der Siegerehrung beiwohnen wollten.

Allseits wunderte man sich über die Gefaßtheit des Unterlegenen. Haffner wandelte mit so fröhlichem Ausdruck durch den Saal, als hätte er gewonnen. Bereitwillig ließ er sich zusammen mit Lasker fotografieren. Viele hätten wohl danebengetippt, hätten sie an den Mienen der beiden Spieler auf dem Bild den Sieger erraten müssen. Lasker empfing Gratulationen mit Zurückhaltung. Zum einen war es bereits sein sechster Weltmeisterschaftskampf gewesen, und das Gefühl dieses Erfolges war ihm vertraut. Zum anderen dämpfte seine Freude das Bewußtsein, wie knapp er diesmal davongekommen war.

Die Wiener Delegation stand mit betretenen Gesichtern am Erfrischungsstand. Nur Rothschild, der um den Anschein der Unparteilichkeit bemüht war, sprach launig mit einem Honorarkonsul. Am schlimmsten erging es Fähndrich. Er stand da, den Arm auf Hummels Schulter gestützt, sah auf das Treiben im Saal und weinte ohne Scham. Hummel konnte ihn nicht trösten. Er zermalmte seine Virginia zwischen den Zähnen und wischte sich ab und zu über die Augen. Haffner trat mit ausgebreiteten Armen zu den beiden. »Aber lieber Fähndrich! Was ist mit Ihnen? Haben wir etwa verloren? Nein! Na also! Nichts, nichts ist passiert!«

Fähndrich konnte nicht antworten. Seine Lippen zitterten. »Eines weiß ich«, fauchte Hummel. »Es gibt ein nächstes Mal. Bei Philippi sehen wir einander wieder, Herr Doktor Lasker!«

Hummel klemmte seinen abgestürzten Kneifer vor das Auge und wandte sich ab. Carl ließ die Arme sinken. Er sah, was er seinen Schachfreunden angetan hatte. Seine Verantwortung für die Menschen, die zu ihm gestanden waren, hatte er nicht bedacht. Carls Gelassenheit war dahin.

»Ich merke, daß sich alle Leute außer deiner Wiener Begleitung von dir fernhalten«, sagte Anna zu Carl. »Was meinst du, woran das liegt?«

Carl wiegte den Kopf. »Weiß ich nicht. Vermutlich fragen sie sich, was sie mir sagen sollen.«

»Ja, was sollen sie dir sagen? Und ich, was soll ich dir sagen? Muß man in einem solchen Moment Beileid aussprechen? Oder darf man in deinem Fall gratulieren?«

Carl, der bei dem Wort »Beileid« aufgelacht hatte, legte die Stirn in Falten.

»Weil du nicht sonderlich betrübt aussiehst«, erklärte Anna. »Zumindest nicht wie jemand, dem gerade ein inniger Wunsch versagt worden ist. Nun sprich, wie soll ich dich jetzt behandeln? Etwas behutsamer als sonst, etwa wie einen Kranken, oder wie einen glücklich heimgekehrten Abenteurer?«

Dr. Lewitt klatschte in die Hände zum Zeichen, daß die Schlußfeier begann. Das Podest hatte man in eine Rednerbühne verwandelt, den Saal mit zusätzlichen Sitzreihen ausgestattet.

Anna schob Carl nach vorn und nötigte ihn, in der ersten Reihe Platz zu nehmen. Die anderen Meister aus Wien sträubten sich, den Erfrischungsstand zu verlassen. Einen nach dem anderen zog Anna unter aufmunternden Worten zu den Stühlen. Fähndrich wies sie den

Platz neben Carl zu. Sie selbst setzte sich hinter die beiden. Dr. Lewitt begrüßte die anwesenden Honoratioren. Er dankte allen Helfern und Mitwirkenden für den reibungslosen Ablauf der Veranstaltung. Besonders hob er den Einsatz des Präsidenten der Wiener Schachgesellschaft hervor, der die erste Hälfte des Wettkampfes pflichtbewußt und umsichtig beschirmt hatte. Mandl sprach einige Sätze, in denen er seinerseits die Arbeit der Berliner Freunde lobte. Beim Anblick der beiden stolzen Präsidenten am Rednerpult gewann Hummel seinen Humor wieder. Er erhob sich und krähte »Bravi! Bravi! Bravissimi!«, und es gelang ihm, stehende Ovationen für die Funktionäre anzuzetteln.

Dr. Lewitt, der durch die ganz offensichtlich übertriebene Huldigung nichts von seiner Sicherheit eingebüßt hatte, ergriff erneut das Wort. Er bedankte sich bei den Veranstaltern, die der Welt das Vergnügen verschafft hatten, Schach auf höchstem Niveau zu erleben. Er ließ den Wettkampf Revue passieren.

»Dieser Zweikampf war spannender als jedes Bühnendrama«, endete die Rede. »Zuletzt ist doch der alte – alt selbstverständlich im Sinne von bewährt, bekannt, denn sein Schachgeist ist feurig jung – der alte Weltmeister siegreich geblieben. Sie erinnern sich, daß Herr Hugo Jackson eine goldene Uhr für den Sieger des Wettkampfes gespendet hat. Diese, ein wunderbar gearbeitetes Stück, übergebe ich nun dem verehrten Dr. Lasker.«

»Gemeine Ungerechtigkeit!« schrie jemand in der ersten Reihe. Niemand konnte glauben, daß es der harmlose Haffner war, der aufgesprungen war und mit geballter Faust zum Rednerpult drohte.

»Unfair, Ungerechtigkeit!« kreischte Haffner. »In diesem Wettkampf gibt es weder Sieger noch Besiegten! Dr. Lasker bleibt Weltmeister, das ja, aber er hat den Wettkampf nicht für sich entschieden! Diese Ehrung ist ein ungeheuerlicher Skandal! Ich protestiere dagegen! Ich nehme an der Feier nicht weiter teil!«

Carl rannte aus dem Saal. Der erschrockene Fähndrich konnte ihn nicht aufhalten. Einige Personen standen auf. Rufe des Erstaunens wurden laut. Fähndrich, Horak und Wolf folgten dem Entrüsteten auf die Straße. Lasker trug eine gleichmütige Miene zur Schau. Dr. Lewitt und Mandl blickten einander ratlos an. Das Stimmengewirr im Saal hatte einzig den Eklat zum Thema.

Nach ein paar Minuten schlich Fähndrich bleich zu Hummel. »Er tobt«, meldete Fähndrich. »So habe ich ihn nie zuvor erlebt. Er tritt gegen die Mauer, schreit Schweinerei und wünscht die Veranstalter zum Teufel. Er weigert sich unter allen Umständen, den Saal noch einmal zu betreten. Betrug sei das, schimpft er. Er läßt sich nicht zureden.«

Hummel hängte sich seinen Mantel über und trottete hinaus. Wenig später kehrte er kopfschüttelnd zurück. »Was ist bloß in den gefahren?!« sagte er zu Anna. »Er führt sich ja auf wie Janowski, wenn dieser eine Partie verloren hat.

Mich wundert, daß er nicht schäumt!«

Hummel hauchte auf seine Hände. »Gut. Lassen wir das mit der Feier. Verschwinden wir.«

Anna folgte Carl aus Taktgefühl nicht auf die Straße. Sein Ausbruch war ihr sehr sympathisch. Auch Carl fügte sich nicht allem bedingungslos.

Die beiden Präsidenten begaben sich nach draußen, um Haffner zu beruhigen. Die Hoteldirektion rollte ein Klavier in den Saal. Eine halbe Stunde lang unterhielt der Hauspianist die Versammlung. Endlich hatten die Bemühungen der Präsidenten Erfolg. Zwei Meter hinter den beiden schritt Haffner mit gesenktem Kopf in den Saal. Ohne aufzublicken, setzte er sich auf seinen Platz. Auf seinem Gesicht las man den Widerwillen, mit dem er der Feier beiwohnte, und den Wunsch, alles rasch hinter sich zu bringen.

Lasker nahm die goldene Uhr in Empfang. Er dankte den Veranstaltern für ihre Mühen. So steif und kühl wie Laskers Rede verlief das ganze Schlußzeremoniell. Der Weltmeister erinnerte an die Stärke Haffners, der bis zum letzten Zug ein gefährlicher Gegner gewesen war. Dem Gedanken an einen Rückkampf wollte Lasker in einigen Jahren nähertreten.

Als Dr. Lewitt sich anschickte, Haffner durch eine Würdigung seiner Person zu versöhnen, war dessen Platz leer. Dr. Lewitt sprach ein paar knappe Schlußworte, wiederholte, daß Dr. Lasker den Weltmeistertitel behalten hatte, und erklärte die Veranstaltung für beendet. Er erntete schwachen Applaus. Die Versammlung löste sich eilig auf. Hier und da gab es ein flüchtiges Händeschütteln. Jeder war froh, die verstimmte Gesellschaft verlassen zu können.

Auf der langen Zugreise nach Wien wurde kaum gesprochen. Man wechselte Worte über Belangloses. Den Wettkampf erwähnte niemand. Alle saßen wie betäubt in den Abteilen. Fähndrich dachte mit Katzenjammer an die Stimmung bei der Anreise, an die Träume von einem Wiener Weltmeister.

In Wien trennte man sich noch am Bahnhof. Ein Händedruck, ein Winken, man ging ohne Umstände auseinander.

II. Verweigerung

Carls erster Weg führte nicht zu Lina. Sein Gewissen plagte ihn wegen der verlorenen goldenen Uhr. In seine Wohnung wollte er auch nicht. Er besuchte seine Mutter. Erst als er mit seinem Koffer die Stufen zum Keller hinabschlurfte, merkte er, wie elend er sich körperlich fühlte.

Seine Mutter umarmte ihn. »Und, bist du Weltmeister? Na, macht auch nichts.«

Sie zog ihn ins Zimmer. Carl stellte den Koffer ab.

»Mahlzeit, du siehst aber prächtig aus!« rief Maria. »Deine Wangen sind eingefallen, die Augen tief in den Höhlen!«

Wenig später lag Carl in jenem Bett, in dem er als Bub geschlafen hatte. Obwohl Carl wahrlich kein Riese an Gestalt war, paßten die Maße des Bettes nicht. Er mußte die Füße hinaushängen lassen. Das störte ihn nicht. Er fühlte sich schwach, aber geborgen. Seine Mutter brachte ihm Tee und einen heißen Ziegelstein, den sie unter die Decke schob.

Carl hatte während des Wettkampfes sieben Kilogramm abgenommen. Maria sagte, er sehe aus wie ein

Schwindsüchtiger. Trotz seiner Proteste ließ sie ihn wochenlang nicht aus dem Haus. Er bekam zwei warme Mahlzeiten am Tag. Maria kaufte ihm Zeitungen. Zu Beginn der letzten Woche erlaubte sie ihm, ein wenig Schach zu spielen. Sie entstaubte das Schachbrett seines Vaters und legte es mit einer Grimasse auf Carls Bett.

Als Carl von seiner Mutter Ausgang erhielt, war es Ende März. Aller Schnee war längst geschmolzen, und auf der Straße duftete es nach einem milden Frühling. Daß er die goldene Uhr nicht gewonnen hatte, beschwerte Carl auf seinem Weg in die Zimmermanngasse nicht. Je näher er Linas Haus kam, desto schneller wurden seine Schritte. Schon im Stiegenhaus hörte er Klavierklänge, eine roh gespielte Tonleiter, die Carl verriet, daß Lina gerade eine Stunde gab. Er schöpfte Atem. Die Tür war nicht versperrt. Carl schlüpfte aus den Schuhen und rückte seine Krawatte zurecht. Er schlich in das Klavierzimmer. Lina hatte das Gesicht von der Tür abgewandt. Er küßte ihren Nacken. Er tat es ganz unbewußt, wie im Traum.

Ein Zeitungsausschnitt vom Januar 1919. Unter einer Rubrik mit dem passenden Titel »Vermischtes« findet man zwei aufschlußreiche Artikel. Der erste beschäftigt sich mit Emanuel Lasker.

»**Vortrag des Weltmeisters**. Schachweltmeister Dr. Lasker hat im Architektenhaus einen Vortrag über sein neues philosophisches Werk ›Die Philosophie des Unvollendbar‹ gehalten«, so beginnt die Meldung. Der Verfasser widmet sich auf dreißig Zeilen dem Inhalt von Laskers damals jüngstem, noch nicht im Handel erhältlichem Buch.

Die zweite Notiz lautet, im vollen Umfang:

»**Carl Haffner** †. Schachmeister Carl Haffner ist am 27. Dezember des Vorjahres in einem Budapester Hospital an Lungenentzündung gestorben. Haffner stand im achtundvierzigsten Lebensjahr.«

Nicht wenig wäre dieser Meldung hinzuzufügen. Zwei Fehler des Schreibers sind zu berichtigen. Carl Haffner war nicht siebenundvierzig oder achtundvierzig, sondern vierundvierzig Jahre alt. Ferner stimmt es, daß Haffner ein Lungenleiden hatte, doch er ist weder daran noch an einer Lungenentzündung gestorben. Er ist verhungert.

Die Wiener Meister erholten sich schnell von der Enttäuschung über den im letzten Moment verlorenen Weltmeistertitel. Nach einer Trauerwoche erschienen in Zeitungen fast aller europäischer Länder Artikel, die sich mit der Weltmeisterschaft befaßten und das phantastische Spiel Carl Haffners würdigten. Der Tenor lautete: Lasker hatte seinen Kopf mit viel Glück aus der Schlinge gezogen. Haffner war ihm ebenbürtig. Die Schachwelt hatte zwei Weltmeister. Und: Es mußte einen Rückkampf geben.

Während dieser von Georg Hummel meisterhaft gelenkten Propagandaschlacht veranstaltete Hamburg ein großes Turnier. Mit Ausnahme Laskers folgten der Einladung alle Größen der Schachwelt. Das Turnier gewann Carl Haffner. Die zehn Partien der Weltmeisterschaft hatten den Stil des Österreichers veredelt.

Er blieb zwar der Remiskönig, doch sein Spiel war unberechenbarer, tiefer und noch gewandter als früher. Hätte in diesem Sommer jemand prophezeit, daß Hamburg Haffners letzter großer Turniersieg sein sollte – man hätte den Rufer ausgelacht.

Hummel schickte Herausforderung um Herausforderung nach Berlin. Lasker antwortete nicht, oder er schrieb ein paar Zeilen, in denen er mit Bedauern auf berufliche Verpflichtungen verwies und die Wiener Meister auf das darauffolgende Jahr vertröstete. 1911 fand Lasker tatsächlich Zeit für einen Weltmeisterschaftskampf. Er trug ihn gegen Janowski aus. Das Ergebnis – acht zu null für Lasker bei drei Unentschieden – überraschte niemanden außer den Geschlagenen. Hummel kommentierte diesen Wettkampf scharf. Es war bekannt, daß Janowski von dem französischen Mäzen Nardus unterstützt wurde und dadurch einen beträchtlich höheren Preisfonds beschaffen konnte als trotz aller Rothschilds Wien. Lasker trieb um des Geldes willen eine Farce, anstatt sich mit dem Würdigsten zu messen, schrieb Hummel. Daraufhin brach Lasker alle Kontakte zu den Wiener Meistern ab.

Anna gab die Erforschung der Schachwelt und im besonderen die von Carls Charakter auf. Sie verstand das Wesen der Schachspieler an sich nicht. Das Schachspiel war ihr zu entrückt. Diese Kunstform hatte nichts mit der Wirklichkeit zu tun und war somit im Grunde auch keine Kunstform. Und was Carl anbelangte, scheute Anna die Mühe, weiter in ihn zu dringen.

Sie trafen einander nur noch dreimal. Bei ihrer letzten, zufälligen Zusammenkunft im Prater trottete Carl in Begleitung seiner Schwester über die Praterallee. Er machte Anna mit Lina bekannt. An diesem Tag erschien er Anna glücklicher als früher. Sie hatte den Eindruck, er wolle ihr etwas mitteilen, fand aber nicht die rechten Worte. Als Anna Jahre später von Carls Tod erfuhr, erinnerte sie sich, wie er damals im Prater vor ihr gestanden war: ein liebenswerter kleiner Schachspieler mit gutmütigem Ausdruck, für den die größten Rätsel der Welt in einem karierten Brett versteckt waren. Von seiner Schwester blieb Anna nur die angenehm schlichte Kleidung im Gedächtnis.

»Eine schöne Frau«, sagte Lina zu Carl, nachdem sie sich von Anna verabschiedet hatten und weiterspaziert waren.

»Findest du? Ich weiß nicht.«

Sie querten eine weite Wiese. Lina fragte: »Carl – ist das deine Geliebte?«

»Aber nein!« rief Carl aus. »Du bist meine Geliebte!«

»Du weißt schon, wie ich das meine. Ist sie es, oder ist sie es nicht? Mir kannst du es wohl sagen.«

Carl blieb stehen. »Lina, du bist meine Geliebte, das weißt du doch.«

»Nun, ob sie es ist oder nicht, ich bin es jedenfalls nicht. Du bist ja mein Bruder.«

Carl zog sie an sich. Es war das erstemal, daß er eine Frau auf den Mund küßte. Lina machte sich los. Sie sah Carl nicht an. Sie wirkte ein wenig verstört, und dies machte Carl betroffen, ohne daß er ahnte warum. Sie sprachen nicht mehr über die Angelegenheit.

Wenige Wochen danach gab Carls Mutter die Arbeit in den Toiletten auf. Sie hatte gespart, und sie bekam ein paar Kronen Pension. Carl erklärte sich bereit, mit ihr in den niederösterreichischen Ort Brunn zu ziehen. In diesem Jahr, 1912, wurde er alleiniger Herausgeber der *Deutschen Schachzeitung.* Außerdem begann er mit der Überarbeitung des *Bilguer,* eines monumentalen, tausend Seiten umfassenden Werkes der Schachtheorie. Diese Aufgaben meinte er in der Abgeschiedenheit von Brunn besser erfüllen zu können. Ein- bis zweimal im Monat reiste er nach Wien, um den Schachklub zu besuchen oder sich mit seinen Tarockfreunden zu treffen. »Laßt ihn«, sagte Hummel. »Lange hält er es in der Wildnis nicht aus. Er ist eine Stadtpflanze, er kommt bald zurück.«

1914 nahm Carl am Turnier von Baden teil. Er spielte jedoch nur, um in der Praxis einige Gambitvarianten zu prüfen, die er gerade im *Bilguer* behandelte. Von den achtzehn Partien des Turniers verlor Carl keine einzige. Er erreichte den dritten Platz. Hummel bestürmte ihn, wieder international anzutreten. Carl entschuldigte sich, diesem Wunsch nicht entsprechen zu können. Zuerst wolle er den *Bilguer* fertigstellen. Hummel kümmerte sich nicht um Carls Einwände. Er drängte, bis Carl zustimmte, wenigstens das Trebitsch-Turnier in Wien zu spielen. Dieses Turnier gewann Carl, obwohl er die letzte Partie verlor. Es war seine zweite Niederlage in hundertvier Partien seit Pistyan 1912.

Mit dem Weltkrieg kam für Carl materielle Not. Kaum eine der Schachzeitschriften, für die er arbeitete, überlebte die ersten beiden Kriegsjahre. 1916 brachte er den *Bilguer* zu Ende. Zu dieser Zeit hatten Maria und Carl nicht mehr genug zu essen. Carl übersiedelte nach Wien, um seiner Mutter nicht zur Last zu fallen. Maria gegenüber schützte er Engagements in vielen Turnieren vor, die seine Ansässigkeit in Wien notwendig machten.

Er log. Es gab keine Turniere in Wien. Der Krieg brachte das Schachleben in den Stammländern der Monarchie zum Erliegen. Hier und da organisierten Schachfreunde Simultanvorstellungen. Von diesen Einkünften zehrte Carl. Er weigerte sich, die Hilfe der noch immer reichen Wiener Schachgesellschaft anzunehmen. Er wollte nicht dem Beispiel Meister Albins folgen, der sich seit dem ersten Kriegstag von der Gesellschaft unterbringen und verköstigen ließ. Einige Zeit konnte Carl Georg Hummel täuschen. Carl sagte, er leide keinerlei Not, er habe sich genug erspart, um Krisenzeiten zu überstehen. Als Carl jedoch immer mehr abmagerte und sich selten in der Schachgesellschaft sehen ließ, wußte Hummel Bescheid. Er hielt Rücksprache mit den Financiers der Gesellschaft. Diese fanden sich bereit, Haffner eine monatliche Unterstützung zu zahlen. Obwohl Carl zu diesem Zeitpunkt jeder Schritt, jeder Atemzug in der Lunge schmerzte, es ihm beim Gehen schwindelte, besaß er noch die Kraft, die Hilfe der Gesellschaft mit Dank zurückzuweisen. Nun schuf Hummel den Posten eines bezahlten Analytikers der Gesellschaft. Mit einem beträchtlichen Vorschuß auf das erste Gehalt eilte er zu Carl. Dieser durchschaute den Sachverhalt. »Ich bin noch vom *Bilguer* satt«, sagte Carl. »Ich möchte eine Weile nicht zu viel mit Analysen zu tun haben.«

Hummel konnte sich nicht länger zurückhalten. Er

packte Carl am Kragen und beschimpfte ihn. Zuletzt lud er ihn verzweifelt zu einer Simultanvorstellung ein. Auch dieses Angebot lehnte Carl ab. Er spielte nur dort simultan, wo die Veranstaltung nicht eigens für ihn arrangiert, sondern ohnehin durchgeführt wurde.

»Diese Leute brauchen das Geld ebenso«, sagte Carl.

Hummel erwog ernsthaft, Haffner für unzurechnungsfähig erklären zu lassen und in ein Irrenhaus zu sperren, wo die Gesellschaft für seine Zwangsernährung sorgen konnte. Er hätte diesen Plan auch ausgeführt, hätte er die Zeit dazu gefunden. Denn jetzt herrschte unter den Schachmeistern Not. Aus allen Teilen des Landes strömten die Meister nach Wien und schrien um Hilfe. Hummel stopfte Löcher, besorgte Zug- und Schiffbilletts, bezahlte Essensmarken, mietete verlauste Wohnungen an, organisierte Veranstaltungen. Es gab keine Gelegenheit, dem widerstrebenden Haffner durch ganz Wien nachzulaufen und ihn anzuflehen, sich helfen zu lassen. Es waren so viele, die vor der Tür der Schachgesellschaft warteten.

Im Oktober 1918 taten sich in Berlin einige Gönner zusammen, um ein kleines Turnier zu finanzieren. Man lud Lasker, Tarrasch und Rubinstein ein. Jemand erinnerte sich Carl Haffners, der vor dem Krieg bedeutende Erfolge verzeichnet hatte. Der Wiener wurde als vierter Teilnehmer nach Berlin gerufen.

Als Lasker seinen alten Gegner begrüßte, erschrak er. Haffners Erscheinung war so erschütternd, daß der Weltmeister die Augen abwandte. In allem Elend verschiedener Berliner Bezirke hatte er keinen so abgemagerten Menschen wie Haffner getroffen. Es war unglaublich, daß der Wiener sich aufrecht halten konnte. Er war grau im Gesicht, seine Haut fast durchsichtig, seine Lippen waren blutleer. Seine körperlichen Schmerzen waren für jedermann offenbar. Haffner sah aus wie ein schwerkranker Sechzigjähriger.

Aber er spielte nicht so. Am Brett mußte er oft rasten, er schloß die Augen, so daß man glaubte, er schlief. Er verbrauchte auch mehr Bedenkzeit als früher. Doch wenn er sich mit der Stellung beschäftigte, bekam sein Gesicht Farbe, sein Blick Leben, und man konnte sehen, daß er sich unter den gegebenen Umständen wohl fühlte. Freilich hatte sein Spiel nachgelassen. Daran trug jedoch sein körperlicher Zustand schuld. In einer der beiden Partien gegen Lasker stand Haffner auf Gewinn. Er verlor die Partie durch einen Bock nach vielen Stunden Spielzeit – aus Erschöpfung.

Es war Haffners vorletztes Turnier. Er wurde Dritter.

Als Carl am 11. Dezember am Budapester Bahnhof aus dem Zug stieg, hatte er seit fünf Tagen nichts Festes zu sich genommen. Tamas Horvàth, ein Vertreter des Budapester Schachklubs, verlor bei Carls Anblick die Fassung. Er führte seinen Gast am Arm in die Restauration. Er hielt Haffners Zustand für die Auswirkungen einer Krankheit, und so bestellte er Tee und Barack, um Carl zu stärken. Der Wiener sträubte sich nicht gegen diese Medizin. Auf Fragen antwortete er einsilbig und heiser, fast flüsternd. Horvàth brachte Carl ins Hotel. Er verständigte einen Arzt. Später berichtete der Doktor dem besorgten Funktionär, Haffner habe sich für sein Kommen bedankt, die Untersuchung jedoch verweigert und beteuert, er fühle sich schon besser.

Von den acht in Budapest gespielten Partien verlor Carl fünf und machte drei unentschieden. Die Veranstalter besaßen nicht die Mittel, um die Teilnehmer zu verköstigen. Nur das Hotelzimmer wurde bezahlt. Auch das Preisgeld war bescheiden. Dies war für Carl bedeutungslos, denn seine Leistung reichte für keinen der dotierten Ränge. Als er sich am 23. Dezember zum Bahnhof begab, hatte er kein Gericht der ungarischen Küche gekostet.

Er fühlte sich müde und fiebrig. Es war so kalt, daß er sich mit seinem Kamm blutig kratzte bei dem Versuch, seine Durchblutung anzuregen. Er sehnte sich nach seiner Mutter. Er hatte ihr versprochen, das Weihnachtsfest in Brunn zu verbringen. Einzig daran dachte er, an einen Abend im Warmen vor einem geschmückten Christbaum.

Auf dem Weg zum Kartenschalter mußte er zur Toilette. Er stellte seine Tasche in der Halle ab. Als er zurückkehrte, war die Tasche verschwunden. All seine Habseligkeiten befanden sich darin, Kleider, nicht beendete Manuskripte, Papiere, das Geld für die Rückfahrkarte, das er sich wie stets beiseite gelegt hatte.

Der Fußmarsch zum Bahnhof hatte ihn erschöpft. Für den Weg zurück zum Budapester Schachklub benötigte Carl das Dreifache der üblichen Zeit. Er berichtete Horvàth verzweifelt von seinem Verlust. Er wußte nicht, was er tun sollte. Nicht einmal in Wien besaß er Ersparnisse, die er sich schicken lassen konnte.

Horvàth setzte sich mit einigen Mitgliedern des Budapester Schachklubs ins Einvernehmen. Man legte zusammen, um dem österreichischen Meister den Schaden zu ersetzen. Da es offensichtlich war, daß Haffner die Reise in seinem geschwächten Zustand nicht antreten konnte, wurde ein Hotelzimmer bezahlt.

So verbrachte Carl den Weihnachtsabend nicht in Brunn, sondern in einem spärlich möblierten Zimmer des Hotels Balaton. Man trug ihm Tee und Essen an das Bett. Feste Nahrung behielt er nicht mehr bei sich. Er wußte nicht, wie er es jedesmal zur Toilette schaffte, doch er war heilfroh darüber, weder Bett noch Boden zu beschmutzen.

Am 27. Dezember machte Carl sich zur Abreise bereit. Für das Ankleiden brauchte er fast eine Stunde, weil er immer wieder knapp daran war, die Besinnung zu verlieren. Er setzte einen Fuß vor den anderen. Seine Hände suchten an der Wand Halt. Auf der Straße brach er zusammen. Man schaffte ihn ins Spital. Ein Arzt horchte den Patienten ab. Die Schwester schrieb in seinen Krankenbericht: Lungenentzündung.

In den letzten Stunden gelangte Carl nicht mehr zu Bewußtsein. Damit ersparte er sich den Anblick eines überfüllten Krankenzimmers, in dem die Schwestern über Notbetten hinwegsteigen mußten, um von einem Patienten zum anderen zu gelangen, und in dem ein Holzkreuz an der kahlen Mauer wohnte, wohnte, wohnte, mahnte, mahnte, mahnte, schlief, schlief, schlief.

Im Mai 1899 nahm Carl an einem Lokalturnier in Wien teil. Es war ein kleines Turnier. Carl hatte ohne besonderen Ehrgeiz, mehr zum Vergnügen gespielt, und vor der letzten Runde stand fest, daß er seine Partie gewinnen mußte, um das Turnier für sich zu entscheiden.

Carls Gegner in dieser letzten Runde war der alte Schwarz, ein eher schwacher Spieler von über sechzig Jahren. Die Partie nahm den erwarteten Verlauf. Carl kam mühelos in Vorteil. Nach fünfundzwanzig Zügen stand Schwarz äußerst kritisch.

Carl zog und erhob sich, um sich ein Glas Wasser zu holen. Schwarz bedeutete ihm, sitzen zu bleiben. Carl fragte sich, was das zu bedeuten hatte, doch er verließ den Tisch nicht. Schwarz machte seinen Gegenzug und blickte Carl aus seinen wasserblauen Augen an. Er schneuzte sich umständlich und fragte: »Sind Sie mit Remis einverstanden, Herr Haffner?«

Carl schluckte. Dieses Angebot hatte er nicht vorausgesehen. Die meisten Spieler waren zu stolz, in derart auswegloser Lage Remis zu bieten. Carl murmelte, er müsse darüber nachdenken.

Zunächst befaßte er sich nicht mit dem Offert. Er berechnete mögliche Zugvarianten. Wenn er keinen Fehler beging, konnte sein Gegner sich nicht mehr retten.

Er bemerkte, daß der Alte ihn erwartungsvoll ansah. Carl stand auf und schlenderte zum Schwarzen Brett, wo die Turniertabelle hing. Seine beiden Konkurrenten hatten ihre Partien bereits gewonnen. Das bedeutete: Wenn Carl Schwarz besiegte, teilte er mit den beiden den ersten Platz. Wenn er unentschieden machte, wurde er Dritter. Und noch etwas las Carl aus der Tabelle. Mit einer Niederlage gegen Carl wurde Schwarz letzter im Turnier, mit einem Unentschieden rückte er auf den vorletzten Platz vor.

Carl blickte zum Spieltisch. Schwarz veränderte seine Haltung. Er spielte mit einem Jackenknopf und zappelte mit den Beinen. Ein wenig erinnerte er Carl an ein aufgeregtes Kind bei der ersten Turnierpartie. Carl dachte nach, was er über den alten Mann wußte. Schwarz' Frau war tot, Kinder hatte er nicht. Er hauste in einer kleinen Wohnung am Gürtel. Seine Tage verbrachte er im Kaffeehaus, wo er auf Partner zum Schachspielen wartete. Hin und wieder sah Carl den Alten in einem Café allein vor einem Schachbrett. Schwarz galt als eigenwillig und schien nicht viele Freunde zu haben.

Carl trat hinter Schwarz und prüfte abermals die Stellung. Er mußte über Schwarz' Naivität lächeln. Carl betrachtete den schmalen Rücken des alten Mannes, den fleckigen Hemdkragen, die schmutzigen Manschetten. Er blickte auf Schwarz' schütteres Haar. In diesem Moment fühlte er tiefes Mitleid für den Alten, und mehr, er fühlte sich zu ihm hingezogen.

Carl setzte sich und reichte Schwarz die Hand zum Zeichen, daß er das Remisangebot annahm. Vergeblich versuchte der Alte sein Entzücken zu verbergen. Carl unterschrieb das Partieformular. Respektvoll lobte er Schwarz' Spiel. Der Ausdruck auf dem Gesicht des alten Mannes rührte ihn.

Hummel trat an den Tisch. »Remis?« kläffte er. »Kerl, sind Sie betrunken?«

»Ich bin müde«, erklärte Carl. »Ich kann mich heute nicht konzentrieren. Außerdem, so wichtig ist dieses Turnier auch wieder nicht.«

Hummel machte ihm Vorhaltungen. Carl mußte versprechen, keine Punkte mehr zu verschenken, egal aus welchem Anlaß. Schwarz mischte sich ein. »Was wollen Sie?« fuhr er Hummel an. »Die Stellung ist ausgeglichen, ein ganz gerechtes Remis! Er kann mir nichts anhaben! Wenn er das spielt, antworte ich so, jenes wird mit dem Turm pariert ...«

Hummel schüttelte den Kopf. Er führte vor, wie Schwarz hätte verlieren müssen. Der Alte erkannte es nicht an. Er winkte ab. »Ein ganz gerechtfertigtes Remis«, wiederholte er. Sein Eifer erheiterte die Umstehenden.

Bei der Siegerehrung fehlte Schwarz. Da er keinen Preis errungen hatte, vermißte nur Carl den grauen Haarschopf.

Nach der Schlußfeier verabschiedete Carl sich und nahm seine Jacke. Er spazierte zum Café Nagel, Schwarz' Stamm-Café. Er bestellte sich eine Melange. Er verbarg das Gesicht hinter einer Zeitung und spähte nach Schwarz. Der Alte wechselte mit strahlender Miene von Tisch zu Tisch. Allerorts wies er Bekannten das Partieformular vor. Eine Weile beobachtete Carl diese Parade. Er rief den Zahlkellner. Er trank seinen Kaffee. Ehe der alte Mann ihn entdeckte, verließ Carl vergnügt das Lokal. Es war ein milder Abend. Man hatte die Laternen noch nicht angezündet. Die Fiakergäule trappelten über das Pflaster. Carl steckte sich eine Zigarre an.

Im Lokal sagte jemand, der Carl an der Tür gesehen hatte, zu Schwarz: »Hic fuit.«

Schlechter, Karl, österr. Großmeister, geb. 1874, gest. 1918; zählte zu Beginn des 20. Jahrhunderts zu den bedeutendsten Spielern. 1910 hielt er einen WM-Wettkampf gegen Lasker unentschieden; der Titel blieb aber bei Lasker. Seine besten Turnierergebnisse: München 1900 1. - 2. Platz mit Pillsbury; Ostende 1906 Erster vor Maróczy und Rubinstein; Prag 1908 1.-2. Platz mit Duras; Hamburg 1910 Erster vor Duras. S. war der stärkste Spieler der Wiener Schachschule mit hervorragenden Eröffnungskenntnissen, einem feinen positionellen Stil und einer stets auf Sicherheit bedachten Spielweise. Während seiner Laufbahn spielte er etwa 700 Partien, von denen er über 50 % remisierte.

Lasker, Emanuel, Schachweltmeister 1894-1921, geb. 1868 in Berlinchen (Prov. Brandenburg), gest. 1941 in New York. Lebte lange Zeit in Berlin; vor den Nazis floh er 1933 nach Rußland, später in die USA. Errang 1894 durch einen Sieg gegen Steinitz den WM-Titel. Er verteidigte ihn siebenmal gegen Steinitz, bevor er die Krone 1921 an Capablanca abgeben mußte. Seine größten Turniersiege: St. Petersburg 1895, Nürnberg 1896, London 1898, Paris 1900, St. Petersburg 1909 (geteilt mit Rubinstein), St. Petersburg 1914, Berlin 1918, Mährisch-Ostrau 1923, New York 1924 (als entthronter WM vor Capablanca und Aljechin). Einen letzten grandiosen Erfolg hatte er im stark besetzten Turnier in Moskau 1935, wo er mit 66 Jahren hinter Botwinnik und Flohr ungeschlagen blieb und einen sehr guten 3. Platz belegte.

Klaus Lindörfer
Großes Schach-Lexikon
München 1981